神仙意境

梁归智 著

生活·讀書·新知 三联书店

Copyright © 2022 by SDX Joint Publishing Company.
All Rights Reserved.
本作品版权由生活・读书・新知三联书店所有。
未经许可,不得翻印。

图书在版编目(CIP)数据

神仙意境/梁归智著. —北京:生活・读书・新知三联书店,2022.10 (2025.6 重印)
(三联精选)
ISBN 978-7-108-07436-2

Ⅰ.①神… Ⅱ.①梁… Ⅲ.①《封神演义》-古典小说评论 Ⅳ.① I207.419

中国版本图书馆 CIP 数据核字(2022)第 071984 号

责任编辑	崔　萌	
装帧设计	鲁明静	
责任印制	董　欢	
出版发行	**生活・讀書・新知 三联书店**	
	(北京市东城区美术馆东街 22 号 100010)	
网　　址	www.sdxjpc.com	
经　　销	新华书店	
印　　刷	河北鹏润印刷有限公司	
版　　次	2022 年 10 月北京第 1 版	
	2025 年 6 月北京第 3 次印刷	
开　　本	850 毫米×1092 毫米　1/32　印张 8	
字　　数	165 千字　图 9 幅	
印　　数	6,001-9,000 册	
定　　价	39.00 元	

(印装查询:01064002715;邮购查询:01084010542)

题诗:

九转金丹万白莲,传奇一脉悟微玄。

劝君且慢迷哈利,道在封神别有天。

目录
Contents

序 李天飞 1

女娲本是狐狸精 1

从女娲神话和狐精传说的演变中,我们看到中华民族对性既迷恋又畏惧的复杂的集体潜意识,这形成了一种情结,也就是说民族心理长久地执意地沉溺于对性既畏又恋的矛盾情绪之中不能自拔,成了一种"瘾"。

神仙情结原大道 22

对不死的探求——这就是中国人通过道教所表现的一以贯之的追求,它成为中华文化心理中的潜意识,一种"神仙情结"。将生命、享乐和自由这三种最令人艳羡的东西融为一体,就构成了中华道教文化"神仙情结"的核心。

修仙遭劫再封神 43

仙高于神,不仅因为仙比神多了肉体的不朽,还因为仙比神要逍遥自在。要葆有自身的逍遥,即使天帝的束缚也不愿忍受,这是何等现实,多么"此岸"!道教此岸性和彼岸性的双根共体和互相融合衍生了《封神演义》里修仙—遭劫—封神这样的情节构思。

千般法术万宗宝 61

道、阴阳、五行这些道教理论模式的基本因素在《封神演义》神通、法术和宝贝的艺术形象中如水中之盐一样地溶解渗透着,其中甚至蕴含着化学战、生物战、立体战的构想以及新式武器火箭、激光等的构想,最能体现道教思想的宝贝是镜、剑、印、旗和图的神化。

三教合一道为尊 118

《封神演义》的思想是三教并尊而以道教为至尊。文、武二王保留了儒教的精神名义,实质却是道教徒姜子牙的傀儡。这是《封神演义》特有的"儒道互补"。《封神演义》在道教思想的影响下,不仅对"忠"做了淡化改造,对"孝""悌"也提出了质疑和挑战。

诗化哲学在东土 165

从道家到道教,以及中国化的佛教禅宗,始终提供着诗意化栖居的绿荫,进而脱离宗教的外壳,渗透、溶化到整个民族的文化心理结构和日常生活之中,成为中国人独有的"生活的艺术"。中国的神仙有自己的魅力,《封神演义》中的神仙意境是这种中华诗话哲学通俗的文学体现。

附录一 《封神演义》的学术考察 182

附录二 《封神演义》的文学鉴赏 196

后　记 244

序

我和梁归智先生的相识,是以《西游记》的研究为契机的。

我2014年在中华书局出版了《西游记》校注,这是我用了几年时间整理的。偶然有一天,忽然收到一封陌生的邮件,原来是梁归智先生的。梁先生非常热情地和我讨论《西游记》的相关问题。这真的使我受宠若惊。因为我当时初出茅庐,不知深浅。梁先生是古代小说研究的大家。梁先生主动发邮件给我,使我既欣慰,又感激。

随即,梁先生就发表了一篇《拆碎七宝楼台与探秘珠宫贝阙——与李天飞道长〈西游〉论妙》。看到这个标题,我就忍俊不禁。因为我自称"多宝道人",平时自己戏称"贫道",并不是真正的"道长"。从这个有趣的标题,就能感受到梁先生的一颗纯净的真心。

再看文章,梁先生把他的研究和我的做了对比,说我是"抽丝剥茧""分出层",把《西游记》这座"七宝楼台"一片片拆下来,"择出来",显示出每一段楼台的原始真相;而梁先生侧重悟证,在《西游记》"思想""艺术""文化""历史"等方面,彼此参照,互相生发。从这篇真诚而有趣的文章中,我不仅在学问上受益良多,更能体会到梁先生提携后进、爱护晚辈的殷切心情。

后来我和梁先生的交往,就渐渐密切起来。梁先生也研究《封神演义》，这也是我的兴趣所在。梁先生写了一部《封神演义》的研究著作，当时没有及时出版。那时我也在写一部关于《封神演义》的书稿，遇到疑难，则时常向梁先生请教。梁先生每次都会非常耐心地回复，还把他的书稿让我"指正"。这真是太让我汗颜了！作为一位学界长辈，能如此谦和、耐心地对晚辈加以指导、关注，是一件多么温暖的事情！

后来，因为我的业务方向是为孩子讲古代名著，便同时拜读了梁先生的其他著作，感觉到梁先生的道德文章，有这样几个特点：

第一是博通。梁先生在中国古代小说和戏曲研究上成就斐然。特别是在《红楼梦》研究上取得了许多具有突破性的成果，开创了红学研究新分支"探佚学"，自成一家。但是，梁先生又不仅仅限于红学。他精于内典，翻译了《金刚经》《心经》等佛经，出版过佛教高僧的传记。精深之功力，旁及《西游记》《封神演义》，角度多元，自然多有精警宏通之论。

第二是真诚。不必讳言，今天的学术界，存在着许多为项目而研究，为发论文、评职称而研究的现象，学者往往迷失其中，失去了原有的学术兴趣。而梁先生治"红学"，治古典文学，都是本着最真诚的态度，旨在解决问题、探索未知，而不是臣服于各种游戏规则。所以今日下一城，明日攻一地，终成蔚然大家。我与梁先生只交往了短短数年，蒙先生许我以忘年，更能从各种邮件、文章、电话、短消息的交流中，感受到这个真诚、有趣的灵魂。

第三是渊雅。可能对于一些学者来说，学术只是谋生的职业，和销售、管理、运营并无什么不同。职业和生命，犹如两张皮。

序

其人或许可以称为"敬业",但不足以许以"渊雅"。这大概是今天的学术评价体制造成的。但是梁先生治古代文学,即将文学化入了自己的生命。无论是作诗填词,还是评"红"论"道",我们都能感受到,梁先生是在用生命诠释这一切,带有强烈的"诗性"。我愿意称之为"渊雅"。看到他"本尊",就看到了文学的本体。

梁归智先生去世后,蒙哲嗣梁剑箫先生垂教,命我作序一篇。后生小子谫陋,何能道梁先生道德学问之万一。谨撰片言,敬慰先生在天之灵!

李天飞

2021 年 8 月 2 日

女娲本是狐狸精

《封神演义》第一回，殷纣王继位为天子，"文有太师闻仲，武有镇国武成王黄飞虎；文足以安邦，武足以定国。中宫元配皇后姜氏，西宫妃黄氏，馨庆宫妃杨氏；三宫后妃，皆德性贞静，柔和贤淑。纣王坐享太平，万民乐业，风调雨顺，国泰民安；四夷拱手，八方宾服，八百诸侯尽朝于商……"。这一派熙熙乐乐、垂拱而治的太平景象是怎么向动乱颠覆演变的呢？三纲五常井然有序的大一统社会是怎样向分崩离析、改朝换代的形势转化的？

演变转化的契机颇为荒诞，充满怪异色彩。上古神女女娲娘娘诞辰，纣王去女娲宫进香，看见女娲圣像"容貌端丽，瑞彩翩翩，国色天姿，宛然如生。真是蕊宫仙子临凡，月殿嫦娥下世"，"纣王一见，神魂飘荡，陡起淫心，自思：朕贵为天子，富有四海，纵有六院三宫，并无有此艳色"。于是在女娲行宫粉壁上题诗一首：

> 凤鸾宝帐景非常，尽是泥官巧样装。
> 曲曲远山飞翠色，翩翩舞袖映霞裳。
> 梨花带雨争娇艳，芍药笼烟骋媚妆。
> 但得妖娆能举动，取回常乐侍君王。

问题出来了。纣王对女娲娘娘表达爱慕倾倒之意,女娲非但不领情,反而大发雷霆之怒,祭起"招妖幡",召来轩辕坟中三妖——千年狐狸精、九头雉鸡精和玉石琵琶精,命令她们"隐其妖形,托身宫院,惑乱君心",断送成汤天下。

仔细一想,这一造成商灭周兴,天翻地覆大乱子、大变动的转捩点只是由于纣王抑制不住自己"力比多"的冲动,"超我"没有严格管束"本我"。明代竟陵派领袖钟惺的评点说得一针见血:"好色者人人皆有是心,独怪商纣好色而思及土木偶人,可为真好,可为痴好。看来今人还当不起一好字,可笑。"

纣王好色而失天下——这一支撑起百回大书的最基础的情节背后是对生命本能、对爱欲的深深畏惧。

但女娲来历如何?她为什么这样小器量?

纣王曾经问首相商容:"女娲有何功德,朕轻万乘而往降香?"商容回答说:"女娲娘娘乃上古神女,生有圣德。那时共工氏头触不周山,天倾西北,地陷东南,女娲乃采五色石,炼之以补青天,故有功于百姓。黎庶立裡祀以报之。"

这说得远远不够完全。女娲岂止一件采石补天的功绩?她首先是一位化育万物、创造人类的原始大神,更重要的,她还是发明爱情婚姻和生育的大神。女娲的大名最早出现于《山海经·大荒西经》:"有神十人,名曰女娲之肠。"《楚辞·天问》:"女娲有体,孰制匠之?"大约是说:女娲做成别人的身体,她的身体,又是谁做成的呢?这个没头脑的问题让人难以回答,由此却可见女娲的神性。注《楚辞》的王逸引汉代的民间传说把女娲的形躯和神通描写一番："传言女娲人头蛇身，一日七十化。"化是化生、孕育的意思。"娲，古之神圣女，化万物者也。"（《说文解字》十二）"黄帝生阴阳，上骈生耳目，桑林生臂手，此女娲所以七十化也。"（《淮南子·说林训》）原来女娲和诸神合作创造人类，一天孕育多次的过程中，有的助其生阴阳器官，有的助其生耳目手臂。这就是"七十化"的意思。[1]

"俗说天地开辟，未有人民，女娲抟黄土作人……"（《太平御览》卷七八引《风俗通》）"女娲祷祠神，祈而为女媒，因置昏姻。"（《路史·后纪二》注引《风俗通》）"以其载媒，是以后世有国，是祀为皋禖之神。"（《路史·后纪二》）女娲是人类的母亲，又是皋禖（高禖）之神，即婚姻之神。[2]"女娲作笙簧。"（《世本》张澍崪集补注本）女娲又是音乐之神，它的深层含义却是爱情。吹芦笙在古民族中意味着欢乐的盛会。春二三月，青年男女们穿了鲜丽的衣服，选择平坝为月场，相率跳月。男青年吹着芦笙在前导引，女青年摇着响铃在后面追随。双方如果跳得情投意合，他们就离开月场，找幽僻之处欢会。高禖之神即婚姻之神的女娲为她的孩子们制作了笙，实在意味深长啊。

闻一多有一篇杰出的论文《高唐神女传说之分析》[3]，证明那位向楚怀王主动投怀送抱，"闻王来游，愿荐枕席""朝为行云，

---

[1] 袁珂：《古神话选释》，人民文学出版社1979年版。
[2] 同上书，第41页。
[3] 闻一多：《闻一多全集》第一卷，生活·读书·新知三联书店1982年版。

暮为行雨"的高唐神女，与那位和大禹"通之于台桑"的涂山氏关系密切，而她们都是高禖的化身。"齐国祀高禖有'尸女'的仪式，《月令》所载高禖的祀典也有'天子亲往，后妃率九嫔御'一节，而在民间，则《周礼·媒氏》'仲春之月，令会男女'，与夫《桑中》《溱洧》等诗所昭示的风俗，也都是祀高禖的故事。这些事实可以证明高禖这祀典，确乎是十足地代表着那以生殖机能为宗教的原始时代的一种礼俗。文明的进步把羞耻心培养出来了，虔诚一变而为淫欲，惊畏一变而为玩狎，于是那先妣而兼高禖的高唐神女，在宋玉的赋中，便不能不堕落成一个奔女了。高禖之祀，颇涉邪淫，亦可想见矣。"高禖之神，就是女娲。她原是生殖和性爱的象征。有的学者认为，女娲补天其实际内涵是大洪水后女娲重新造人，炼五色石与"抟黄土作人"相类。

汉代的石刻画像与砖画中，常有人首蛇身的女娲和伏羲画像，腰身以上是人的形状，腰身以下则是蛇躯，两条尾巴紧紧地亲密地交缠在一起。伏羲、女娲兄妹结婚繁衍滋生人类的神话传说，在文献记载和民间故事里都得到广泛的印证。女娲人首蛇身，蛇是性的象征。

这位化育万物、宽厚博大的性爱母神女娲，为什么到了《封神演义》里，却变得如此器量狭窄，对仅仅吟诗挑逗了她一下的纣王怒不可遏，直要断送了他的江山社稷和性命才罢休呢？

《武王伐纣平话》里却不是这样。这儿不是女娲，而是玉女。但很显然，玉女只是女娲的另一个化身："此玉女是古贞洁净辨炼行之人，今为神女，它受香烟净水之供。"不过，这位玉女却要比

后来《封神演义》里的女娲有人情味得多:

> 纣王如此三日,在殿上观玉女,乃问玉女:"卿容貌世间绝少!"纣王不去归朝,只在玉女殿上。是灯烛无数,置酒与玉女对坐。玉女不言。此人是泥身,焉能言之?……
>
> 夜至三更以来,纣王似睡之间,左右别无臣侍。王见众多侍从、一簇佳人捧定玉女来殿上。纣王见之大悦,亲迎玉女,礼毕,玉女奏曰:"大王有何事意,在此经夜不去,谓何?"王曰:"朕因姜皇后行香到此,寡人见卿容貌妖娆,出世无比,展转思念。今无去志,愿求相见,只此真诚。"玉女回奏曰:"臣为仙中之女,陛下为人中之王,岂可宠爱乎?曾闻古人有云:'仙人无妇,玉女无夫。'请大王速去,恐遭谴谪!"王问玉女曰:"何如谴谪?"玉女不得已言曰:"更后百日,终必与我王相见。启大王,且归内去。"王问玉女曰:"有何信物?"玉女遂解绶带一条与纣王,玉女言曰:"此为信约,王收之。"接得绶带,忽闻香风飒飒,玉佩丁当,声闻于外,霞彩腾空。纣王见之,举步向前去扯玉女,忽然惊觉,却是梦中相睹。定省多时,只见泥神,不睹真形,视手中果然有绶带一条。纣王向灯烛之下看玩,思之至晚,悔恨无已。

这简直就是楚怀王梦遇高唐神女故事的翻版。纣王如此多情,玉女又如此缱绻。从古代神话中的女娲、高禖、巫山神女到《武王伐纣平话》里的玉女,再到《封神演义》里的女娲娘娘,我们看到远古的性崇拜逐渐衍化为近古的性禁忌。神话的女娲演变为仙话的女娲，下身的蛇尾幻化为环佩叮当的凤袍。蛇—性—生命原欲不再是崇拜的对象，而成了令人畏忌的邪恶。这是文化与生命的分裂和冲突，是人与生俱来的悲剧。

女娲由性爱母神变成中性的圣母，她对纣王胆敢唤起她对原始蛇尾的记忆不再温情脉脉，而是愤怒无比，反应强烈。可是她采取的报复措施却让人有几分迷惑不解。她派遣了三个女妖去满足纣王的欲望。这是否有一点"替身"和"力比多转移"的意味？她让纣王获得了彻底的满足——长达二十八年的享乐（第一回：娘娘正行时，被此气挡住云路；因望下一看，知纣王尚有二十八年气运），代价是身死国灭。这到底是对原欲的赞美还是诅咒？女娲派出的最主要的一位"替身"是狐狸精妲己，在《武王伐纣平话》里，妲己却是玉女的情敌：

> 王甚宠爱妲己。置酒宴乐之次，妲己见王系绶带一条甚好。妲己问王曰："我王何处得此带？好温润可爱！"王含笑而言曰："玉女所与寡人。"又具语："前共玉女同寝，得此带与朕，以为信约。"妲己闻言，心生妒害凶[1]："启陛下，今教毁了玉女之神，火烧了庙宇。恐大王久思玉女之貌着邪，误大王之命。此庙无用。"王曰："依卿所奏，今教烧了庙，打了泥神。"

---

[1] "害凶"可能是"忌"之误。

妲己从玉女的情敌演变为女娲的"替身",显示了文化中性禁忌的强化,这也是《武王伐纣平话》与《封神演义》不同时代背景的产物。前者反映了元代思想文化氛围的开放,后者更多地表现了明代的正统色彩。但二者的同异流变也说明《封神演义》里的女娲和妲己确实和上古的女娲、高禖、高唐神女具有一脉相通的文化意味。

妲己被写成托体成形的千年狐狸精,第九十六回又说她是九尾狐狸精。也许由于狐这种动物动作灵活、敏捷,性格活泼,聪明的缘故,它很早就被看作有灵性的动物。战国人的著作里,已经出现了以狐为原型的神兽。《山海经·南山经第一》:"青丘之山……有兽焉,其状如狐而九尾,其音如婴儿,能食人,食者不蛊。"《穆天子传》中则说:"天子猎于渗泽,于是得白狐玄貉焉,以祭于河宗。"《瑞应图》:"九尾狐者,神兽也。其状赤色,四足九尾,出青丘之国,音如婴儿,食者令人不逢妖邪之气及蛊毒之类。"

到了魏晋南北朝以后,狐变人,尤其是变女人的说法流行起来。《抱朴子》引《玉策记》:"狐及狸狼皆寿八百岁,满三百岁暂变为人形。"《名山记》云:"狐者,先古之淫妇也。"《玄中记》更说得活灵活现:"狐五十岁能变为妇人,百岁为美女,为神巫,或为丈夫与女人交接,能知千里外事。善蛊魅,使人迷惑失智,千岁即与天通,为天狐。"

《太平广记》里收录了唐以前的狐怪故事十二条。其中的狐多是以作祟害人的恶兽出现。如卷四四七"陈羡"条讲一只牝狐变成美女,自称"阿紫",专门诱骗男人。到了唐朝,"狐狸精"这个形象出现了。《太平广记》卷四四七"狐神"条（出《朝野佥载》）云："唐初以来，百姓皆事狐神……当时有谚曰：'无狐魅，不成村。'"又卷四四九"韦明府"条（出《广异记》）载："母极骂云：'死野狐魅。'"按"魅"字《说文解字》释曰："老物精也。"所以"狐魅"意即"狐狸精"。

唐人小说中"狐魅"一词的出现，反映"狐狸精"已作为一个独立形象存在于人们的意识和民间信仰里，而且愈来愈和"性"紧密联系起来。明初的《平妖传》，老狐精圣姑姑让自己的女儿胡永儿变成美女嫁给王则，策动造反，当了"王后"，和《封神演义》里妲己迷纣王的故事已经有几分相像。

妲己奉女娲之命托身宫院，蛊惑纣王，的确有几分女娲替身的味道。前面说过，女娲原是高禖之神，在不同的传说里演变为涂山氏和高唐神女。有意思的是，涂山氏原来又是九尾狐。先秦诗有《涂山歌》："绥绥白狐，九尾庞庞，成于家室。"其源出于《吕氏春秋》："禹年三十未娶，行涂山，恐时暮失嗣，辞曰：'吾之娶，必有应也。'乃有白狐九尾而造于禹。禹曰：'白者，吾服也。九尾者，其证也。'于是涂山人歌曰：'绥绥白狐，九尾庞庞。成于家室，我都攸昌。'于是娶涂山女。"《吴越春秋·越王无余外传》载涂山之歌又多数句："绥绥白狐，九尾庞庞。我家嘉夷，来宾为王。成家成室，我造彼昌。天人之际，于兹则行。"

涂山氏原是九尾狐，涂山女又是女娲的一个化身，女娲派遣妲己这个九尾狐狸精蛊惑纣王，这难道不是女娲"潜意识"中对"蛇身"爱憎交集的"回忆"促成的吗？我们在这里发现了中华民族的集体潜意识。荣格说："个人潜意识是紧靠意识门槛之下的相对稀薄的一层，和它们对照，集体潜意识在正常情况下没有显现出成为意识的倾向，并且用任何分析的技术也不能恢复它的记忆，因为从来没有被压抑或遗忘过。"[1]

然而，集体潜意识却可以在文学作品中通过原型（archetype）的方式表现出来。原型常常出现在神话、寓言、传说中，可以不断地在历史进程中反复出现。荣格指出："在每一个这些意象之中有着人类心理和命运的一些东西，一些在我们祖先历史中重复了无数次的欢乐和忧伤的残留。"[2]

从女娲神话和狐精传说的演变中，我们看到中华民族对性既迷恋又畏惧的复杂的集体潜意识，这形成了一种情结，也就是说民族心理长久地执意地沉溺于对性既畏又恋的矛盾情绪之中不能自拔，成了一种"瘾"。这可以说是一种"性畏恋"原型，因为"事实上原型乃情结的核心。原型作为核子和中心，发挥着类似磁石的作用，它把与它相关的经验吸引到一起形成一个情结"[3]。

性的欲望和满足使当事者产生欲仙欲死的强烈快感，它的结果又使女子变成母亲，生殖后代，这种奇妙无比的体验和现象使原始时代产生了母神崇拜、生殖崇拜。母神崇拜是最早的原始宗

---

[1] 荣格：《荣格著作精要》，企鹅丛书，1982年英文版，第319页。
[2] 同上书，第320页。
[3] 霍尔、诺德贝：《荣格心理学入门》，生活·读书·新知三联书店1987年版，第46页。

教体系,这在世界许多地区母权制时期的文化遗址中,都有可观的发现。比如距今约两三万年前的旧石器时代,欧洲奥瑞纳文化期法国格里马底洞的女体圆雕,劳塞尔(Laussel)洞的浮雕持角女体,奥地利维伦多夫(Willendorf)的圆雕裸女,都十分突出地夸张了乳房、腹部、阴部和臀部,其面部却混沌不清,具有强烈的神秘意味。新石器时代,土耳其卡托尔-胡由克(Catal-hùyùk)发现了八千年前的文化遗迹,其中母神偶像显示了同奥瑞纳文化大体相同的特征,也是丰腹鼓乳面目不清。伊拉克巴格达的梭万(El-sawwan)有七千年前的祭祀建筑,也供着生殖特征突出的母神像。而在中国,新开流发现了七千年前赫哲人的爱米女神像;沈阳出土了六千年前的母神像;喀左东山嘴,发现了五千多年前的石质祭坛,其中供着两尊有真人一半大的陶塑母神坐像,此外还有两件陶质母神小像,皆丰乳隆腹肥臀,其阴部刻有"△"形符号。这种"△"形符号,也出现在我国许多彩陶器具上。

一些考古学家认为,这个"△"形符号,即女性阴阜的简化,而各地发现的母神像,大都突出地显露阴阜三角区,这"△"形符号也就是母神的象征。又有人考证"黄帝"实即"黄地",也就是"后土",大地母神。而郭璞说:"女娲,古之神女而帝者。"原来古人尊奉的"帝",起先就是氏族母神(后为男性天神取代)。[1] 由此可见,对性、女性的崇拜、执恋是极其久远的。

---

[1] 赵有声等:《生死·享乐·自由》,国际文化出版公司1988年版。

女娲本是狐狸精

维伦多夫的圆雕裸女

于喀左东山嘴出土的孕妇陶塑像

可是，性活动的频繁、过度使人憔悴疲惫，性交在快感之后紧接着是乏力倦怠，而新生婴儿的诞生也意味着父母开始衰老，开始走向死亡。因而，在性崇拜的同时也产生了对性的畏惧。在原始社会父权制以后数千年男性占主导地位的文明文化中，女人成了性的象征，使男性既爱恋追求又害怕恐惧，这种对性、女性又畏又恋的复杂心理遂成了一种代代因袭的"原型"。

不过，这种人类共有的"原型"在不同的文明中却有不同的侧重和表现。在中华汉文化中，"性畏恋"原型更多地发展了"畏"的层面，之所以如此，当然不是一两句话能说清的，需要专门的研究。但这确是一个明显的事实。《抱朴子·内篇·畅玄》有句："冶容媚姿，铅华素质，伐命者也。"中国古代通俗小说中说到女色时有一首绝句："二八佳人体似酥，腰间仗剑斩凡夫。虽然不见人头落,暗里教君骨髓枯。"《全唐诗》中这首诗列在吕岩(吕洞宾)名下。三言二拍等小说中还有意思相近的"警世"诗句:"蛾眉本是婵娟刀,杀尽风流世上人。""女色从来是祸胎,奸淫谁不惹非灾?"因而女色亡国也成了中国传统文学中一再重复出现的主题。正如《封神演义》第二回苏护谏诤纣王所言:"况人君爱色,必颠覆社稷;卿大夫爱色,必绝灭宗庙;士庶人爱色,必戕贼其身。"

《封神演义》中的思想正是如此,小说里一切令人发指的罪恶都是妲己这个"狐狸精"干的,纣王的错误其实只有一个,那就是他太爱妲己,对她太言听计从。

第六回《纣王无道造炮烙》其实却是妲己造炮烙:

> 妲己曰:"妾有奏章。"王曰:"美人有何奏朕?""妾启主公:人臣立殿,张眉竖目,詈语侮君,大逆不道,乱伦反常,非一死可赎者也。且将梅伯权禁囹圄,妾治一刑,杜狡臣之渎奏,除邪言之乱正。"纣王问曰:"此刑何样?"妲己曰:"此刑约高二丈,圆八尺,上、中、下用三火门,将铜造成,如铜柱一般;里边用炭火烧红。却将妖言惑众、利口侮君、不遵法度、无事妄上谏章与诸般违法者,跣剥官服,将铁索缠身,裹围铜柱之上,只炮烙四肢筋骨,不须臾,烟尽骨销,尽成灰烬。此刑名曰'炮烙'。若无此酷刑,奸猾之臣,沽名之辈,尽玩弄法纪,皆不知儆惧。"纣王曰:"美人之法,可谓尽善尽美!"

第七回《费仲计废姜皇后》,实际上也是妲己主谋:

费仲接书，急出午门，到了本宅，至秘室拆看，"乃妲己教我设谋，害姜皇后的事情"。

妲己曰："法者乃为天下而立，天子代天宣化，亦不得以自私自便，况犯法无尊亲贵贱，其罪一也。陛下可传旨：如姜后不招，剜去他一目。眼乃心之苗，他惧剜目之苦，自然招认。使文武知之，此亦法之常，无甚苛求也。"

妲己曰："事已到此，一不做，二不休，招承则安静无说，不招承则议论风生，竟无宁宇。为今之计，只有严刑酷拷，不怕他不认。今传旨：令贵妃用铜斗一只，内放炭火烧红，如不肯招，炮烙姜后二手。十指连心，痛不可当，不愁他不承认！"纣王曰："据黄妃所言，姜后全无此事；今又用此惨刑，屈勘中宫，恐百官他议。剜目已错，岂可再乎？"妲己曰："陛下差矣！事到如此，势成骑虎，宁可屈勘姜后，陛下不可得罪于天下诸侯、合朝文武。"纣王出于无奈，只得传旨："如再不认，即用炮烙二手，毋得徇情掩讳！"

第十七回《苏妲己置造虿盆》：

妲己奏纣王曰："将摘星楼下，方圆开二十四丈阔，深五丈。陛下传旨，命都城万民，每一户纳蛇四条，都放于此坑之内。将作弊官人，跣剥干净，送下坑中，喂此毒蛇。此刑名曰'虿盆'。"纣王曰："御妻之奇法，真可剔除宫中大弊。"

除上引之例外，还有第十八回陷害姜子牙、建造鹿台，第十九回勾引不成而逼死伯邑考，第二十五回请妖赴宴，第二十六回害死比干，第三十回陷害贾氏而逼反武成王黄飞虎，第八十九回敲骨剖孕妇等，每一件罪行的罪魁祸首都是妲己，而纣王则只是为妲己美色所惑而是非不明，一味听信妲己之言而促成罪恶，仅是帮凶。这一系列故事情节所显露的无非是性畏恋情结。这在钟惺对《封神演义》的几段评点中表现得非常清楚：

> 妲己天下之美色也，能祸人家、国，不知先死于狐狸之手。是祸人者，实所以自祸。信然！信然！（第四回评）

> 此书以狐狸托于妲己，原未见于正史；此系作者婆心指点，大有深意。盖狐善媚而亦惨毒，如妇人焉。狐之始以美色妖惑少年，宣淫恩爱，彼少者不知，及至髓竭精枯，罢敝不堪，彼方弃而他适，何尝有一点怜惜之意，与妇人何以异？今看纸上之言，回视闺中之妇，然乎否也？如今举世皆有狐狸，但不可为他所惑，可谓回头是岸。（第七回评）

> 妇人，阴物也。美妇，阴之极者也。惟阴最毒，惟阴之极者为极毒。妲己美妇也，故所钟之毒已极，而设施惨恶，亦极其毒。或曰：然则丑妇乃得阴之轻者乎！人又极喜美色

者，何多也。予曰："自古至今，你几曾见做出好事来！"（第十七回评）

淫妇心最慧，最善妒，最悍毒，善于逢迎，巧于遮护，随机应变，捷于弄丸。人一堕其手，未有不身亡家破者。今观妲己妖魅耳，何人不可苟且，一见丰美之人，尚恋恋不能舍，百计千方以诱之。况人间愚妇女，一睹年少儿郎，不神驰心荡者，鲜矣！诗云：男女虽异，所欲则同。（第十九回评）

妲己之毒恶，极古今妇人之最，然而恶名归于纣王。今人只知骂纣王为独夫，何尝骂妲己为独妇。此又古今极便宜的事。予想此妇可谓极善逢迎者，不但当日能惑纣王，尚能遮过天下后世人，又可谓极古今妇人之媚。（第八十九回评）

仔细一琢磨，妲己这个形象的意义被文学研究忽略了。她这么透彻地反映了中华汉文化中的性畏恋情结，武则天、杨玉环、潘金莲，哪一个能比这个"狐狸精"更有代表性？第九十七回姜子牙斩妲己，有一个耐人寻味的情节：

只见三妖推至法场，雉鸡精垂头丧气，琵琶精默默无言，惟有这狐狸精乃是妲己，他就有许多娇痴，又连累了几个军士。话说那妲己绑缚在辕门外，跪在尘埃，恍然似一块美玉无瑕，娇花欲语，脸衬朝霞，唇含碎玉，绿蓬松云鬓，娇滴滴朱颜，转秋波无限风情，顿歌喉百般妩媚，乃对那持刀军士曰："妾身系无辜受屈，望将军少缓须臾，胜造浮屠七级！"那军士见妲己美貌，已自有十分怜惜，再加他娇滴滴的叫了几声将军长，将军短，便把这些军士叫得骨软筋酥，口呆目瞪，软痴痴瘫作一堆，麻酥酥痒成一块，莫能动履。……被妲己一段巧言迷惑，皆手软不能举刀。……却说杨戬、韦护二人奉令监斩妲己，出辕门，便另选了军士，再至法场。只见那妖妇百般娇媚，万种软款，又把这些行刑军士，弄得东倒西歪，如痴如呆。……子牙与众诸侯曰："此怪乃千年老狐，受日月精华，偷采天地灵气，故此善能迷惑人，待吾自出营去，斩此恶怪。"子牙道罢先行，众诸侯随后。子牙同众诸侯门人弟子出至辕门，只见妲己缚在法场，果然千娇百媚，似玉如花，众军士如木雕泥塑。子牙喝退众士卒，命左右排香案，焚香炉内，取出陆压所赐葫芦，放于案上，揭去了盖，只见一道白光旋转。子牙打一躬："请宝贝转身！"那宝贝连转二三转，只见妲己头落在尘埃，血溅满地。诸侯中尚有怜惜之者。

把这一段描写和希腊神话传说中斯巴达人攻破特洛伊城后对海伦的态度比照一下颇有启发性。斯巴达人和特洛伊人为了争夺海伦进行了十年战争，真可谓血流成河，伤亡无数。海伦作为斯巴达的王后而私奔特洛伊王子帕里斯，按中国的说法，是个十足的"淫妇"。可是，海伦的命运却是这样的：

海伦因为恐惧她丈夫的愤怒,瑟缩着躲藏在最远的屋角里,使她的丈夫不易找到她。当他第一眼瞥见她时,一种妒忌的心情怂恿他将她杀死,但阿佛洛狄忒已经使她比过去更美丽,如今打落他手中的利剑,平息他胸中的怒气,并燃烧起潜伏在他心中的爱情。他被海伦的美丽所蛊惑,手中的利剑一再举不起来。突然他忘记了她的一切过错。但当他听到屋外阿耳戈斯人的威猛的战叫时,他又感到惭愧,觉得自己站在不贞的海伦面前,不是作为一个复仇者倒像是她的奴隶。于是他又硬起心肠,从地上拾起利剑,控制着自己的感情,向他的妻子砍去。但是在心里,他是不愿意伤害她的,所以当阿迦门农向他走来,他倒得救了。阿迦门农抚拍着他的肩膀对他说:"等一等,墨涅拉俄斯,你不合杀死你的合法的妻子,为了她,我们遭受了这么多苦难。比起破坏宾主之间的法度的帕里斯,她的罪就轻多了。现在帕里斯和他的家族和人民都已受到惩罚。他们已经用他们的生命偿付了一切。"阿迦门农这么说,墨涅拉俄斯听从他的话,表面好像极不愿意,心里却很喜欢。

但当她到达船舰后,阿开亚人为她的面庞的无比美丽和她的体态的娉婷动人感到眩惑,他们心想:为了这样一个锦标,追随墨涅拉俄斯航海远征,并经过十年战争的危险和痛苦,也是值得的。没有一个人想到要伤害海伦。他们仍将她留给墨涅拉俄斯,墨涅

神仙意境

海伦与帕里斯　雅克-路易·大卫　绘

拉俄斯也被阿佛洛狄忒感动,早已饶恕了她。[1]

　　同样是性畏恋情结,西洋文明更崇拜美,中华文明则更畏惧色。妲己被写成是一个狐狸精,而且干了那么多十恶不赦的坏事,正如前引钟惺评点:"妇人,阴物也。美妇,阴之极者也。惟阴最毒,惟阴之极者为极毒。"表现出对美色—性欲极大的恐惧。让一个

---

[1] 斯威布:《希腊的神话和传说》,人民文学出版社 1977 年版。

绝世美人像妲己那样狠恶残戾、灭绝人性,以体现美色的破坏性力量,这在西洋人恐怕是难以理解的。

盎格鲁-撒克逊民间传说中有亚瑟王的故事,其中有一个情节说一位雀鹰骑士百战百胜,因为在战斗时他美丽的妻子总站在他身后。亚瑟王的一个骑士杰恩雷特打败了他,因为杰恩雷特带来了一个更美丽的女人。[1]

这很形象地反映了西洋文化传统中尊崇人性、肯定性爱和美色的思想倾向。《封神演义》中借助超人性(也就是非人性)的力量——宝葫芦斩仙飞刀来克服美色的魅力,表现对人的本能欲望深深的警惕和畏惧。可是,谁又能想到这种对性的畏惧却又来源于对性的崇拜呢?

原为性爱母神的女娲恼恨纣王的性挑逗,派遣三妖唆纣为虐(不是助纣为虐),可是到末了,三妖被杨戬等追赶捉拿,又是女娲阻住三妖,吩咐碧云童儿:"将缚妖索把这三个业障捆了,交与杨戬解往周营,与子牙发落。"三妖抗辩说:"昔日是娘娘用招妖幡招小妖去朝歌,潜入宫禁,迷惑纣王,使他不行正道,断送他的天下。小畜奉命,百事逢迎,去其左右,令彼将天下断送。今已垂亡,正欲复娘娘钧旨,不期被杨戬等追袭,路遇娘娘圣驾,尚望娘娘救护,娘娘反将小畜缚去,见姜子牙发落。不是娘娘'出乎反乎'了?"

---

[1] 布兰奇·温德尔复述,邓保中、陈素莲译:《亚瑟国王》,中国民间文艺出版社 1984 年版,第 119 页。

女娲的回答实在有点强词夺理:"我使你断送纣王天下,原是合上天气数;岂意你无端造业,残贼生灵,屠毒忠烈,惨恶异常,大拂上天好生之德。今日你罪恶贯盈,理宜正法。"如果我们继续追问:既是让妖怪惑乱纣王之心,怎么又不让干坏事?不"残贼生灵,屠毒忠烈",又怎么可能让纣王失去民心、断送天下呢?再进一步说,既然你女娲不赞成妲己"无端造业",为什么不及早用招妖幡召回三妖,予以训诫,面授给她们既不残贼生灵,又能断送纣王的高明方略呢?身为高高在上的造化母神,为什么放任三妖涂炭生灵而装聋作哑,直到纣王身死国灭,达到了自己的复仇目的之后,才跑出来装好人呢?当然,对一部神怪小说,我们不能这么认真,但故事背后隐藏的民族潜意识文化心理却值得追索。

女娲原是民族母神,既有生殖崇拜的意味,也有性爱恋慕的意味。但在秦汉以后日趋严密的宗法伦理本位的文化意识形态中,生殖崇拜已变为传宗接代、"多子是福"的信仰。而性爱恋慕则已经被深深地压抑在民族心理的无意识之中了。女娲已成了高度伦理化、道德化的神圣女神,与生殖和性爱都没有关系。但无意识中的"原型"仍然是强有力的,一有机会就会冒出来表现自己。女娲是母神,纣王居然对她产生了性的幻想,这实在有点"恋母情结"(Oedipus complex)作怪的意思,这对于在伦理本位文化中已戴上"人格面具"(persona)的大神女娲是绝对不可接受的。但女娲其实又不能不受性畏恋"原型"的制约,因而她派出了实际是自己替身的妲己去"报复"纣王,这种"报复"(潜意识中的"满足")完成之后,她又不太讲理地擒捉妲己,交给姜子牙去处死,以维持"人格面具"的前后一致。女娲和妲己只是民族文化心理的捉刀人而已,她们的故事以曲折离奇的方式反映了中华汉文化对性爱既恋又畏的情结,而畏是占压倒性地位的。

神仙情结原大道

俗话说,压迫愈甚,反抗愈烈。如果文化对性欲只采取一味的压抑,而不给予适当的出路的话,那么这种文化系统将会承受不住性原欲的反抗而破裂崩溃。

中华文化基本上提供了两种解决办法,一种是儒家——儒教的,另一种是道家——道教的。

从孔子的原始儒家,中经董仲舒罢黜百家、独尊儒术,再到宋明理学的"新儒家",作为传统社会历代统治者提倡的主流意识形态,儒家思想实际上成了"国教",至少也是一种准宗教。儒家——儒教解决原欲问题的办法是将性爱与生殖完全分离,性爱是性爱,生殖是生殖。以生殖为目的的性活动是合理的,而且是必需的、神圣的;纯粹追求欲望满足的性爱则是邪恶的,它的破坏力量令人畏惧,要严加防范。

《论语·雍也》记载:孔子不得已会见了卫灵公的夫人南子,他的高徒子路就表示"不说(悦)",公然给老师颜色看,逼得孔子指天誓日:"予所否者,天厌之!天厌之!"可见儒家对色欲性爱的禁忌。儒家反复强调对性爱的防范和化解,如孔子说:"吾未见好德如好色者也。"(《论语·子罕》)子夏说:"贤贤易色。"(《论语·学而》)《中庸》里说:"去谗远色,贱货而贵德。"一直到宋明理学家的名言:"存天理,灭人欲。"《朱子语类》卷四:"圣人千言万语只是教人存天理,灭人欲。""学者须是革尽人欲,复尽天理,方始为学。"

钱穆《朱子学提纲》中说:"理学家无不辨天理人欲,然天理人欲同出一心,此亦一体分两体合一之一例。朱子论阳不与阴对,善不与恶对,天理不与人欲对。"

但这种对性爱的畏忌又是与生殖崇拜相表里的。"不孝有三,无后为大。"(《孟子·离娄》)性的生殖功能受到高度重视。周予同1927年就在《"孝"与生殖器崇拜》[1]中论证:儒家的哲学是生殖崇拜哲学,儒家的根本思想生发于生殖崇拜。赵国华《生殖崇拜文化论》[2]中进一步引申:由生殖崇拜发展出图腾崇拜,从图腾崇拜发展出祖先崇拜,从祖先崇拜发展出宣扬孝道,既是生殖崇拜演化的一般轨迹,也是儒家思想产生与演化的轨迹。这导致了中国社会中的崇尚血亲,迷信血统,以及宗法制度。在传统社会中,帝王将相、贪官污吏在社会上铺设血亲网络,作为社会组织的骨架,以此控制政权。在广大的农村里,由宗祠、支祠以及家长组成的宗族传统,掌握了族权。这使中国变成了一个宗法社会。

儒家—儒教将性"一分为二",崇拜生殖,压制性爱,这是传统中国成为世界上人口最多的禁欲主义国家的一个重要原因。但

---

[1] 周予同:《周予同经学史论著选集》,上海人民出版社1983年版,第70—91页。
[2] 赵国华:《生殖崇拜文化论》,中国社会科学出版社1990年版。

将性欲完全纳入生殖轨道，也还是为人的原欲提供了一条出路。当然，在某种程度上，这种解决办法是以阉割人的生命活力为代价的。这就造成了中国人"国民性""德力分离"的倾向。张岱年在《中国哲学大纲》[1]里说过："中国的人生思想,因过于重'理'，遂至于忽'生'。无见于生之特质，不重视生命力或活力之充实与发挥。生命是一种力量，而此生命力必须培养扩展，然后始有良好生活可言。如活力衰薄，则一切都是空虚。中国哲学对于此，甚为忽略。"不可否认，中国人"活力衰薄"与儒家将性完全"生殖化"，而压制了性爱娱悦的一面有不可分割的关系。

我们要重点讨论的是道家和道教。道家和道教不完全是一回事，但二者之间无疑又具有"扯不断，理还乱"的血肉维系。

任继愈主编的《中国道教史》[2]把道家思想列为道教的主要来源之一：先秦老庄哲学与秦汉道家学说都是学术流派，不是宗教。《老子》《庄子》《列子》《淮南子》等书都是学术著作，不是神学经典。但是道教在理论上却紧紧依托于道家，打着道家的旗帜，与道家结下了不解之缘。这就造成道教与道家非即非离的关系。无论是《老子》还是《庄子》，都不讲炼丹和符箓科教，亦反对迷信鬼神和巫术，并不追求肉体长生不死，羽化成仙。老子只承认"天长地久"（七章），认为人体是祸患之源，主张"无身"（十三章）。庄子认为"生也有涯"（《养生主》），"以生为附赘县疣，以

---

[1] 张岱年：《中国哲学大纲》，中国社会科学出版社1982年版，第589页。
[2] 任继愈主编：《中国道教史》，上海人民出版社1990年版，第12—14页。

死为决疢溃痈"(《大宗师》),他所追求的只是精神上的解脱和自由。老庄的这些观点都与道教的长生本旨恰相反对。

但另一方面,道家思想里也确实有一些与道教相通的因素。例如,道家崇尚的"道",是一种超乎形象的宇宙最高法则,有神秘化的倾向。道教进一步夸大"道"的超越性、绝对性,把"道"变成具有无限威力的全知全能至上神的代名词。又如,先秦道家宣扬清净无为,以尘世为秕糠,以富贵为物累,一心向往无何有之乡,有强烈的悲观厌世情绪。道教以此为出发点,进一步敷衍,遂形成出世的宗教人生论。

再如,道教极重养生,内中包含着长生的胚胎思想。而《老子》谓"谷神不死,是谓玄牝;玄牝之门,是谓天地根"(六章),"故能长生"(七章),"长生久视之道"(五十九章)。《庄子》说神人"不食五谷,吸风饮露,乘云气,御飞龙,而游乎四海之外"(《逍遥游》),"无劳汝形,无摇汝精,乃可以长生"(《在宥》),"千岁厌世,去而上仙,乘彼白云,至于帝乡"(《天地》)。《淮南子》中有"食气者神明而寿,食谷者知慧而夭,不食者不死而神"(《地形训》)。儒家是积极入世的,道家是冷眼旁观的,道教是飘逸出世的。道教正可利用道家作为通向宗教世界的桥梁。

道教的其他来源——秦汉巫术与神仙方术是世俗迷信,只有在它们依附于道家理论,形成一套独特的道教神学体系以后,才使自己一跃而成为与儒、佛并列的大型宗教。老子既然是道家的创始人,道教在利用道家的过程中,也很自然地利用了老子,把他奉为本教教主和尊神。于是神化老子、奉习老子之书,便成为早期道教产生的重要标志。西汉的道家及黄老之学,基本上仍是一种社会政治和学术思潮,从《黄老帛书》《淮南子》《老子指归》《论衡》中可以证明。但将神道与道家加以糅合的倾向已经产生,如汉初楚人司马季主,以卜筮闻名遐迩,他"通《易经》,术黄帝、老子"(《史记·日者列传》),用《易》《老》融通卜术,为宋忠、贾谊预决吉凶。至东汉河上公《老子章句》,其中神仙家思想明显增多,如说"人能养神则不死也"(六章注),"精气不劳,五神不苦,则可以长久"(五十九章注)。

至东汉后期,道家转化为神学的倾向加剧。表现之一是黄老之学演变为黄老崇拜。汉桓帝在宫中"立黄老浮屠之祠"(《后汉书·襄楷传》)。张角"奉事黄老道"(《后汉书·皇甫嵩传》)。边韶《老子铭》神化老子,云:"老子离合于混沌之气,与三光为终始。"(《隶释》卷三)表现之二是出现神道与道家融合的理论著作,如《太平经》《周易参同契》《老子想尔注》,这些著作的出现,向世人报告了道教的初生。

进入更深的层次,我们发现,道家的根本思想同样生发于性与生殖崇拜。[1]儒家源于推重男根,道家则推重女阴。《老子》云:"玄牝之门,是谓天地根。"又云:"牝常以静胜牡,以静为下。"这是从色素沉着的女阴生育功能引申出天地的起源,又从男女交合的过程引申出人生思想上的无为守柔、致虚守静。哲学的阴阳

---

[1] 参阅赵国华:《生殖崇拜文化论》,中国社会科学出版社 1990 年版,第 400 页。

二元论和太极一元论都源于生殖崇拜，儒家是阳刚之美，道家是阴柔之美，由此而引申出将天地、昼夜、日月等二元组合的二元思维。

这也就是所谓"母神崇拜""以母论道之源""恋母情结与归根心态"。[1]在前一章中我们已考察过母神崇拜的渊源，这是最早的原始宗教体系，老子在道的理论建设中，正汲取了原始先民的母神崇拜和母神创世神话的思想遗产。"故常无，欲以观其妙；常有，欲以观其徼。此两者，同出而异名，同谓之玄。玄之又玄，众妙之门。"（《老子》一章）玄就是原初始极幽深的存在，所以它是"众妙之门"，是万物化生的总门户，也就是"玄牝之门"。"玄牝之门，是谓天地根。绵绵若存，用之不勤。"（《老子》六章）玄牝即元牝，亦即原初的幽秘阴器。道具有永恒不灭的生殖力、生命力，是创造万物的原初的神圣的"元阴"。以创世的母神、玄牝作为天地万物的本始本根，来阐明道的本始性和本根性，并建立起道的宇宙生成论和本体论。

以母论道，母性特征、女阴特征遂作为道的原则贯穿于老子道论的观念体系中。"牝常以静胜牡"，"静"体现了道的母性精神，所以"清静为天下正"，"清静"就是万物的本原和基准。"守静"就是尊奉这个基准。"归根曰静"，尊奉这个基准就是"归根"，就是归返作为"天地根"的"玄牝之门"，皈依于道。"食母""守雌""善

---

[1] 参见赵有声《生死·享乐·自由》中有关论述。

下""好静"等一系列道的母性原则,遂成为方法论和人生观的根据。

食母,就是用道的母性原创力来滋养自身,接受"万物之母"的道的荫庇和护佑,就是让个体生命吮吸万物之道的乳汁,获得永不枯竭的生命之泉。这也可以叫作恋母情结,不过它的基本内容是满足生存以及寻求保护与归属这样一些生命基本需要的潜意识因素。

这是一个关键所在。与弗洛伊德的学说相比,恋母情结被排除了性爱的因素。老子哲学不用"爱"字,而是通过"慈"这个范畴表现了一种最高形式的爱。这种爱,母神的爱,也就是道的显现,慈悲即道之爱。"慈"是"持而保之"的人生三宝(慈、俭、后)的第一宝(《老子》六十七章)。"复守其母,没身不殆"(《老子》五十二章),"道乃久,没身不殆"(《老子》十六章)。因此,处于母亲"慈"完全庇护之下的婴儿赤子是人生的最佳状态。"专气致柔,能婴儿乎?"(《老子》十章),"复归于婴儿"(《老子》二十八章),"圣人皆孩之"(《老子》四十九章),人只有像婴儿那样守定道的精气,才能使生命达到柔和舒展。婴儿赤子在性方面是混沌无知的,他们的"恋母情结"完全没有性爱的意味。性爱是长大以后的事,但人只要一旦长大,脱离了婴儿赤子状态,也就意味着走向衰老死亡,违背了"道"。这就是所谓"物壮则老,谓之不道。不道早已"(《老子》一章)。"早已"就是早早完蛋。

道教对道家进行了神化,这是一个有趣的循环。老子的"混沌之道"来自混沌神话,他取其意而抛却了神格的外衣。到了道教手中，神格外衣又被拾回，并将它罩到"混沌之道"身上，打扮出一个"混元之神"，道的概念连同老子本人都被请进道教的神位之中。

早期道教有三大支派，巫鬼道发展为后世符箓派，主要行消灾避害之功；黄老道发展为后世养性行气的内丹派，主要通过人生修养以求长生；方仙道即后世采药炼丹的外丹一支，志在永生不死。这就是刘勰所谓"三品"说："上标老子，次述神仙，下袭张陵"，也就是朱熹所讥诮的："老氏初只是清净无为，却带得长生不死；后来却只说得长生不死一项；如今恰成个巫祝，专只理会厌禳祈祷。这自经两节变了。"(《朱子语类》第一二五卷) 这三个支派的共同之处是都追求长生不老，这与老子所谓"根深固柢长生久视之道"有相通之处。朱熹就说《老子》中有仙意。闻一多在《道教与神仙》[1]中分析道家和道教的渊源关系,认为道家思想必有一个前身，而这个前身可能是某种富有神秘思想的原始宗教，或者更具体一点讲，一种巫教。这种宗教在基本性质上可能与后来的道教无大差别，虽然在形式上可能截然不同。这个不知名的古代宗教，可暂称为古道教。

由道教回溯到道家，再由道家回溯到古道教，即一种原始巫教。这个原始巫教的核心是对生命永恒的信仰。它的基本内容之一是不死的观念。《山海经》中就有"不死民""不死之国""不死树""不死草""不死泉"的诸多神话。《韩非子》中提到"献不死之药于

---

[1] 闻一多：《闻一多全集》第一卷，生活·读书·新知三联书店1982年版。

荆王者"；楚辞《远游》中有"仍羽人之于丹丘兮,留不死之旧乡"；燕齐一带是神仙文化的故乡,齐国的宗庙祭器上刻有这样的铭文："用旗寿老,毋死。"东汉的道教袭取道家"道"的观念予以神化。可谓"源远"而"流长",水到而渠成。

在上述论说的基础上,回到本章开头提出的问题：像儒家—儒教一样,道家—道教也是由对性欲、生殖的崇拜开始,以对性爱的畏惧和禁忌而结局。不过,道家—道教不是像儒家那样将生殖与性爱分离,用性的"生殖化"消解性爱对社会的危险,而是将性爱与生命分离,用一种奇特的方式追求以性爱的化解来实现生命的永恒。

1937年出版《中国道教史》的作者傅勤家说："儒畏天命,修身以俟；佛亦谓此身根尘幻化,业不可逃,寿终有尽；道教独欲长生不老,变化飞升,其不信天命,不信业果,力抗自然,勇猛何如哉！"

日本人窪德忠在其所著《道教史》中则说："在地球上使自己生命无限延长,这就是神仙说的立场。似乎可以认为现实的人们所具有的使天生的肉体生命无限延长并永远享受快乐的欲望,便产生了神仙说这样的特异思想。这种思想在其他国家是没有的。"

不死的探求——这就是中国人通过道教所表现的一以贯之的追求,中华文化的一种特质,道教精神最凝练的概括,它成为中华文化心理中的潜意识,一种"神仙情结"。

只要刻苦修行,人人皆可成神仙。很自然,不同于其他宗教,道教不可能成为一神宗教,而是多神宗教。道教的神仙系统极为繁复，既有传说中的古仙人，也有死后成神的人间圣君贤相良将，道教分宇宙为大罗天、三清境、四梵界三十二天，共为三十六天，各天都有帝王统治，有辅助之神无数，又有日月星辰、风雨雷电、河岳山川等神团，还有灵官、太岁及人身体中的四时五行诸神。而最受道教徒崇羡的，则是由普通凡人得道而获得神通的所谓"仙真"，即真人和仙人。

《淮南子·本经训》："莫生莫死，莫虚莫盈，是谓真人。"《释名·释长幼》："老而不死曰仙。"《神仙传·彭祖传》："仙人者，或竦身入云，无翅而飞；或驾龙乘云，上造天阶；或化为鸟兽，游浮青云；或潜行江海，翱翔名山；或食元气，或茹芝草，或出入人间而人不识，或隐其身而莫之见。"《抱朴子·内篇·论仙》："上士举形升虚，谓之天仙；中士游于名山，谓之地仙；下士先死后蜕，谓之尸解仙。"《天隐子·神解》："能通变之曰神仙。"

仙人一般被分为九品。如《墉城集仙录》说："第一上仙；第二次仙；第三太上真人；第四号飞天真人；第五号灵仙；第六号真人；第七号灵人；第八号飞仙；第九号仙人。凡此品次，不可差越。"《云笈七签》卷三《道教三洞宗元》："第一上仙；二高仙；三大仙；四玄仙；五天仙；六真仙；七神仙；八灵仙，九至仙。"《道藏辑要》张集《三坛圆满天仙大戒》："天尊曰：道无二上，仙有九品：一曰混元无始金仙；一曰洞元太初金仙；一曰灵元造化真仙；人世修证则有天仙，地仙，水仙，神仙，人仙，鬼仙。"

道教的最高范畴"道"（也是道家的最高范畴）其真实的内核就是"生命"，道即原初的生命，亦即永恒的生命，本然的生命，道的本体论就是生命的本体论。

《老子想尔注》把《道德经》第十六章中的"公乃王,王乃大"改为"公乃生,生乃大";把第二十五章中的"故道大天大地大王亦大,域中有四大,而王居其一焉"的两个"王"字改为"生"。《注》中说:"生,道之别体也。"意思正是说"生"与"道"是一回事,生是道的表现形式。因此,得"道"也就是得"生",而达到永生的钥匙掌握在人自己的手里。

《西升经》说:"我命在我,不属天地。"《抱朴子·内篇·黄白篇》说:"我命在我不在天,还丹成金亿万年。"《内观经》说:"道不可见,因生以明之;生不可常,用道以守之。若生亡,则道废,道废则生亡,生道合一,则长生不死。"《云笈七签》卷三十二《养性延命录》中也说:"《老君妙真经》曰:人常失道,非道失人。人常去生,非生去人。故养生者慎勿失道,为道者慎勿失生。使道与生相守,生与道相保。"

道教由生道相守、生道合一的教义,遂衍生出各种修道养生的方术。这些方术包括外丹、内丹、内观、守静、存思、守一、服气、服饵、胎息、导引、行跷、房中、守庚辰等等。信行哪一种方术,当然与道教的演变和流派有关。元马端临《文献通考》中说:"道家之术,杂而多端。"又说:"盖清净一说也;炼养一说也;服食又一说也;符箓又一说也;经典科教又一说也。"他认为黄老庄列之书,所讲的是清净无为而略及炼养;赤松子、魏伯阳只言炼养而不言清净;卢生、李少君、栾大言服食而不言炼养;张道陵、寇谦之言符箓而不言炼养、服食;杜光庭以下只讲经典科教。但在这些形形色色的"道术""方技"中,还是有基本的思路可以寻绎,这种思路就是"归根""守雌",使人的心理与生理达到一种恬淡宁和的"婴儿""赤子"状态,这正和道家—道教思想演变的轨道互相契合。要长生不老,必须保持"童子身",其核心就是要"保精""炼精",也就是化解性欲。

绕了一个大圈子,我们终于又回到了本章开头的论点:道家—道教的思想起点是性的崇拜。性有生殖功能,意味着生命的转移,生命个体如果通过性交活动产育后代,父体、母体必将衰老死亡。因而要长生、成仙必须千方百计使生殖的本能转化为个体永恒的生命资源,防止它泄漏转移。但性交给当事者带来强烈快感,因而对人具有巨大的诱惑力。广义上,性的诱惑也代表了世俗一切荣华富贵的诱惑,性正是其中最强有力的一个诱惑,是诸诱惑的"代表"。所以修道、成仙是极不容易的,它是要"夺天地之造化",它将会受到各种挫折和考验。

归根结底,由性的崇拜而引出性的畏惧,由对性的畏惧再引出种种方术,使性由促死的因素转化为长生的资源。几乎所有的宗教都禁戒性的诱惑,正因为人类在性活动中能激发出最大的生命能量,在性活动的高潮中会不顾及任何清规戒律,正所谓色胆包天。不同于其他宗教对性的单纯禁欲,道教发展出一套转化性欲的办法,通过这种转化,修道者不仅可能延长寿命直至长生不老,而且可以在一定程度上体验到普通人在性交中体验到的快感。这种转化的办法就是所谓的内丹、导引等修炼方术,即今天所谓的气功。

神仙意境

宋末元初的著名道教人物俞琰,对气功实践中产生的生理、心理现象做了生动而详尽的描述:

> (真气)穿两肾,导夹脊,过心经,入髓海,冲肺腧,度肝历脾,复还守丹田。当其升时,瀚然如云雾之四塞,飒然如风雨之暴至,恍惚如昼夜之初觉,涣然如沉疴之脱体,精神冥合,如夫妇之交接,骨肉融和,如澡浴之方起。
>
> 其和气周匝一身,溶溶然如山云之腾太虚,霏霏然似膏雨之遍原,淫淫然若春水之满四泽,液液然如河水之欲解释。往来上下,百脉通融,被于谷中,畅于四肢,拍拍满怀都是春,而其象如微醉也。
>
> 神凝气聚,混融为一,内不觉其一身,外不知其宇宙,与道冥一,万虑俱遗,溟溟涬涬。[1]

俞琰的描绘表明,气功实践中,真气运转,疏通百脉,如醍醐灌顶,春意融融,舒畅无比,在身心飘逸之中,达到"天地与我并生,万物与我为一"的感觉。尤其值得注意的是,"精神冥合,如夫妇之交接"一句,说明练功中的确会达到类似性交的快感。这就是所谓"道法自然"。所以道教修炼特别重视"精、气、神",《太平经》里说:"一为精,一为神,一为气","三者相助为治,故人

---

[1] 张荣明:《中国古代气功与先秦哲学》,上海人民出版社1987年版,第12页。

欲寿者，乃当爱气、尊神、重精也。"《老子想尔注》中说："身为精车，精落故当载营之。"《抱朴子·内篇》中说："道家之所至秘而重者，莫过乎长生方也。"而长生的内修方法，"至要者，在于宝精行炁（气）"，即"导引行气，还精补脑"。修炼内丹和房中术，"其大要在于还精补脑一事耳。此法乃真人口口相传，本不书也"。练功分为炼精化气、炼气化神、炼神还虚三阶段，又称三关修炼：炼精化气为初关，炼气化神为中关，炼神还虚为上关。三关圆满，大丹功成。练功家们说，修炼通"小周天"时（即任脉和督脉真气贯通，普遍认为这就是"炼精化气"），那种体验与性交高潮时的快感非常相似。

道教的这一套有理论，有实践，并不是虚妄的，而与中国传统医学、哲学息息相通。英国学者李约瑟在《中国科学技术史》中说："道家具有一套复杂而微妙的概念……它是中国后来产生的

《黄帝内经》内文

一切科学思想的基础。"正是在先秦道家"通天下一气"的哲学思想的影响下,中医最早的经典《黄帝内经》,把天体演化、宇宙结构,乃至地球上的气象变化、人体生命和疾病变化等看成一个整体:一气所化,牵于此,动于彼——形成了一种充满天才直觉、智慧光芒的自然哲学。在这种天人合一、天人相应的哲学看来,天地是大宇宙,人体是小宇宙。道教正是进一步继承、发扬了这种观点。[1]俞琰说:

> 人身法天象地,其气血之盈虚消息,悉与天地造化同途。《素问》:"平旦人气生,日中而阳气隆,日西而阳气已虚,气门已闭。"又云:"月始生,则血气始精,卫气始行。月廓满,则血气实,肌肉坚;月廓空,则肌肉减,经络虚。卫气去,形独居。是故天地有昼夜晨昏。天地有晦朔弦望,人身亦有晦朔弦望。其间寒暑之推迁,阴阳之代谢,悉与天地胥似。"
>
> 日月往来乎黄道之上,一出一入,迭为上下,互为卷舒,昼夜循环,犹如车轮之运转,无有穷已。人能返身而思之,触类而长之,则吾一身之中,自有日月,与天地亦无异也。

既然天人同构,因而炼内丹其实就是在人体自身之内效法自然的男女交媾,内丹炼成譬如父精母血孕育成功一个婴儿,一个

---

[1] 刘亚光:《现代自然科学与中医理论》,福建科学技术出版社1983年版,第31页。

新生命产生了,丹成意味着人有了第二个生命,自可长生不老。修炼者在修炼过程中体验到类似性交的快感也就不足为奇了。这就是所谓坎离交媾,心肾相交,阴阳和合而成"圣胎"。《性命圭旨》这部古代丹书有非常形象的表达:

> 阳丹结在阴海中,犹如坎里一爻雄。擒来离内温温养,此即神仙颠倒功。
>
> ——取坎填离图
>
> 龙呼于虎,虎吸龙精,两相饮食,俱相贪并。雌雄错杂,以类相水,男女相须,含吐以兹。
>
> ——龙虎交媾图
>
> 易曰:天地氤氲,万物化醇;男女媾精,万物化生。天地以阴阳交媾而生物,丹法以阴阳交媾而生药。盖未有不交媾而可以成造化者也。
>
> ——龙虎交媾法则

明白了道教的这种根本思想,就可以弄清楚一个似乎矛盾的现象:为什么一方面道教提倡清净淡泊,禁绝色欲,另一方面又有所谓房中术。其实,房中术正是阴阳交媾以炼丹的一种实现方式,绝不是放纵情欲,也不是单纯的性交技巧。《抱朴子·内篇·至理篇》说:"凡服药千种,三牲之养,而不知房中之术,亦无所益也。"《释滞篇》说:"房中之法十余家,或以补救伤损,或以攻治众病,或以采阴益阳,或以增年延寿,其大要在于还精补脑之一事耳。"

房中术的重要价值在于"宝精",也就是《黄庭经》中所说:"长生至慎房中急,弃损淫欲专守精。"内丹的根本要义是采取各种方术将性欲转化为人体内部的"坎离交媾",道法自然以成"圣胎"。房中术也是一种方术,但由于这种方术通过男女交接这种过于实在的方式实现,所以往往容易流为性欲的放纵,这就走到了目的的反面。所以房中术后来就被摒弃了。北魏道士寇谦之已经反对"男女合气"之术,说:"大道清虚,岂有斯事!"全真派道士更是坚决反对此术。

至此,我们完成了道教由性崇拜到性畏惧再到性转化以求长生不老,追求达到永恒生命的大圆圈。这确实是一种非常奇妙的思维,更奇妙的是它不仅仅是思维,还有各种虽然深奥,却又非常实际的操作方式和程序。"顺成人,逆成仙,只为其中颠倒颠。"按照正常的自然法则(顺)婚配生殖,生育了后代,生命力转移到新生儿身上,原先的个体必将衰老死亡,所以是"顺成人";按照道教的方术进行修炼,在身体内部"坎离交媾""还精补脑"(逆),生命力就结为"圣胎",也就是内丹,人就获得了不朽的肉体生命,这就是"逆成仙"。这种修炼是"道法自然",窃天地之秘,夺造化之功,所以是"颠倒颠"。成仙因而也是非常不容易的。

"神仙情结"来源于对生命的执迷,因而神仙世界就是理想化的现实人生世界,那里有无限的自由,又可以恣意地享乐。在修炼成仙的过程中需要戒绝色欲的诱惑以达到生命力的结圣胎、成内丹,一旦成仙以后则又可以无所顾忌地享受男女之乐。陈樱宁

《黄庭经讲义》[1]第八章《断欲》中说:

> 或又问,《悟真篇》云:"休妻漫遣阴阳隔。"此语对于断欲之义,是否冲突?曰:"吾所谓断欲者,指世俗男女媾精之事而言,为普通说法,为初学立基,必不可无此一戒。若悟真所传,乃金液大还丹之妙道,神仙眷属,迥异尘凡,非常情所能测也。"

好一个"神仙眷属,迥异尘凡,非常情所能测也"!唐代大诗人皇甫湜《出世篇》中却表白得直截了当:

> 生当为大丈夫,断羁罗,出泥涂。……上括天之门,直指帝所居,群仙来迎塞天衢。……旨饮食兮照庖厨。食之不饫饫不尽,使人不陋复不愚。旦旦狎玉皇,夜夜御天姝。当御者几人,百千为番,宛宛舒舒……浩漫为欢娱。下顾人间,溷粪蝇蛆。

"夜夜御天姝",而且是"当御者几人,百千为番,宛宛舒舒","神仙眷属"确实是迥异尘凡,修了房中术的仙人具有强悍的性能力,是任何红尘世界的"伟丈夫"都望尘莫及的。

---

[1] 陈樱宁:《黄庭经·慧命经》,中国医药科技出版社1989年版,第21页。

神仙意境

神仙世界是一个享乐的世界,衣食住行,都能无限满足官能享受和物质欲望。"因知海上神仙窟,只似人间富贵家。"(韦庄)这从庄子、屈原已经露出了苗头,所谓"藐姑射神人","驾青虬兮骖白螭",已经十分美妙。《抱朴子·内篇·对俗》更描绘出一个长生、享乐、权势欲都可以得到无限满足的乐园:"得仙道,长生久视,天地相毕……果能登虚蹑景……饮则玉醴金浆,食则翠芝朱英,居则瑶堂瑰室,行则逍遥太清。……或可以翼亮五帝,或可以监御百灵,位可以不求而自致,膳可以咀茹华璃,势可以总摄罗酆,威可以叱咤梁成。"历代的神仙诗无不渲染着这种美妙的幻想:

玉樽盈桂酒,河伯献神鱼。
(魏·曹植《仙人篇》)
灵妃顾我笑,粲然启玉齿。
(晋·郭璞《游仙诗》)
羽客宴瑶宫,旌盖乍舒设。
(齐·袁彖《游仙诗》)
玉壶白凤肺,金鼎青龙胎。
(梁·吴均《采药大布山诗》)
鸾歌凤舞集天台,金阙银宫相向开。
(陈·张正见《神仙篇》)
白石香新芋,青泥美熟芝。
(北周·庾信《奉和赵王游仙诗》)

乘空向紫府，控鹤下蓬莱。
霜分白鹿驾，日映流霞杯。
煎金丹未熟，醒酒药初开。
(隋·鲁范《神仙篇》)
玉女四五人，飘摇下九垓
含笑引素手，遗我流霞杯。
(唐·李白《游泰山》)

神仙世界更是一个自由逍遥的世界。因为神仙一旦做成，不但长生不老，而且还有各种超人的本领。《庄子》里面的至人、真人其实已经是神仙："至人神矣！大泽焚而不能热，河汉冱而不能寒，疾雷破山而不能伤，飘风振海而不能惊。若然者，乘云气，骑日月，而游乎四海之外。"（《齐物论》）"古之真人……登高不栗，入水不濡，入火不热。"（《大宗师》）"乘云气，御飞龙，而游乎四海之外。"（《逍遥游》）

到了葛洪那里，神仙完全超脱了自然力的束缚，也不受社会力量的限制，他们"或竦身入云，无翅而飞；或驾龙乘云，上造天阶；或化为鸟兽，游浮青云；或潜行江海，翱翔名山；或食元气，或茹芝草，或出入人间而人不识，或隐其身而莫之见"（《神仙传·彭祖传》）。"夫得仙者，或升太清，或翔紫霄，或造玄洲，或栖板桐，听钧天之乐，享九芝之馔，出携松羡于倒景之表，入宴常阳于瑶房之中。"（《抱朴子·内篇·明本》）

自由和享乐紧紧地维系在一起，这与西方人的自由观大异其趣。萨特的自由伴随着选择和承担责任，弗罗姆的自由意味着孤独和危险，"他自由了，但这也意味着：他是孤独的，他被隔离了，他受到了来自各方面的威胁"，"个人孤苦伶仃地活着，孤零零地面对这个世界，就像一个陌生人被抛入漫无边际和危险的世界一样。新的自由不可避免地带来了深深的不安全、无力量、怀疑、孤独和忧虑感"。[1]

道教的自由却是无拘无束，随心所欲，超脱了一切忧患和苦恼，因为获得这种自由的人已经得道，是无所不能的神仙。从西方的近现代哲学自由观看来，道教的自由观其实正是对自由的逃避。但也不能因此否认它是一种自由观。将生命、享乐和自由这三种最令人艳羡的东西融为一体，就构成了中华道教文化"神仙情结"的核心。

本章的考察是为其他章节做一些理论铺垫。因为道教文化深深地渗透在《封神演义》的构思、情节、人物、语言等各个层面。对道教的来龙去脉、核心本质有了基本的了解，才能对《封神演义》作升堂入室的研究。

---

[1] 弗罗姆：《逃避自由》，工人出版社1987年版，第57、87页。

修仙遭劫再封神

《封神演义》的一条基本线索是修仙—遭劫—封神的三部曲，神仙打斗的故事在这个框架之下展开。这也是《封神演义》因袭最少、创造最多的部分。这些离奇荒唐的故事中生动地体现了道教的一些根本的思想和观念。

第十五回《昆仑山子牙下山》一开头就交代：

> 话说昆仑山玉虚宫掌阐教道法元始天尊因门下十二弟子犯了红尘之厄，杀罚临身，故此闭宫止讲；又因昊天上帝命仙首十二称臣；故此三教并谈，乃阐教、截教、人道三等，共编成三百六十五位成神，又分八部：上四部雷、火、瘟、斗，下四部群星列宿、三山五岳、步雨兴云、善恶之神。此时成汤合灭，周室当兴；又逢神仙犯戒，元始封神，姜子牙享将相之福，恰逢其数，非是偶然。所以"五百年有王者起，其间必有名世者"，正此之故。

第三十八回《四圣西岐会子牙》：

> 此乃是四圣，也是"封神榜"上之数：头一位姓王，名魔；

二位姓杨,名森;三位姓高,名友乾;四位姓李,名兴霸;是灵霄殿四将。看官:大抵神道原是神仙做的,只因根行浅薄,不能成正果朝元,故成神道。

第十一回《羑里城囚西伯侯》向下一回哪吒出世的故事过渡:

且言乾元山金光洞太乙真人,因神仙一千五百年犯了杀戒,乃年积月累,天下大乱一场,然后复定。一则姜子牙该斩将封神,成汤天下该灭,周室将兴,因此玉虚宫住讲道教。太乙真人闲坐洞中,只听昆仑山玉虚宫白鹤童子持玉札到山。

第三十八回文殊广法天尊对王魔说:

只因五事相凑,故命子牙下山:一则成汤气数已尽;二则西岐真主降临;三则吾阐教犯了杀戒;四则姜子牙该享人间福禄,身膺将相之权;五则与玉虚宫代理封神。道友,你截教中逍遥自在,无拘无束,为什么恶气纷纷,雄心赳赳,可知道你那碧游宫上有两句说的好:

  紧闭洞门,静诵"黄庭"三两卷;

  身投西土,封神榜上有名人。

这就是《封神演义》的大结构、大章法,在"天命""运数"的大前提下,提动了两条情节线索。一条是所谓殷商当灭,周室当兴；纣王无道而失天下，周武王伐纣而得天下。另一条是所谓神仙犯了一千五百年的杀戒，姜子牙将封神。这两条线索以元始天尊的小徒姜子牙当了周武王的丞相保周伐纣，阐教与截教的神仙各助一方而自然地结合在一起。这是所谓"复线式"结构和"串珠式"结构交叉结合。

这两条情节线索实际上包含着儒教和道教的两条思想线索。在描述纣王暴虐无道的故事中，体现了儒家的思想，歌颂忠臣义士，谴责昏君奸佞。在写神仙打斗的故事中，则更多地体现了道教的思想。这就是前面所说的修仙—遭劫—封神的三部曲。这两条思想线索是互相交叉，彼此影响的。儒家思想的那一条线，在另外的章节研究讨论，这里重点分析一下道教思想怎样体现在修仙—遭劫—封神三部曲中。

第二章已经概述了道教的一些基本思想观念，其核心是重视生命，追求长生，正如葛洪所说："天地之大德曰生，生，好物者也。是以道家之所至秘而重者，莫过乎长生之方也。"（《抱朴子·内篇·勤求》）要长生，必须修仙，而修仙必须恬静无欲，守一知足。"其事在于少思寡欲，其业在于全身久寿。"（《抱朴子·内篇·释滞》）"事"和"业"正是神仙事业。"学仙之法，欲得恬愉淡泊，涤除嗜欲，内视反听，尸居无心。"（《抱朴子·内篇·论仙》）恬静无欲是神仙的特征，修道求做神仙的人，"能恬能静，便可得之"（《抱朴子·内篇·辩问》）。修仙的过程是漫长而曲折的，每隔五百年还要遭逢一次大劫数，也就是受一次考验，考验通不过，则前功尽弃，做不成神仙了。能不能经受住考验，是否谨守恬静无欲的原则是至关重要的。

《封神演义》里阐教、截教实际上是道教内部的两个流派。鸿钧老祖一道传三友，大徒弟老子和二徒弟元始天尊创阐教，三徒弟通天教主创截教。在殷灭周兴的大劫数里，阐教元始天尊门下众神仙"犯了红尘之厄"，必须参与争战，冒险犯难。截教众仙则只要闭门修行，不去管人间是非，就可平安无事。其实，这正是一个极大的考验，是能否谨守恬静无欲这一道教根本宗旨的考验。

截教众仙大都没有经受住这个考验。从第三十八回王魔、杨森、高友乾、李兴霸所谓"四圣"开始，十绝阵阵主，赵公明，罗宣、吕岳，一直到诛仙阵、万仙阵无数截教众仙，都因不甘寂寞，与阐教争一日之短长，结果失却长生之路。最后连通天教主也牵扯了进去。这些情节的有关描写反复渲染了截教不能恬静无欲，守一知足的"火气"。

第八十二回《三教大会万仙阵》，玉虚门下众弟子观看万仙阵：

> 只见门户重叠，杀气森然。众仙摇首曰："好利害！人人异样，个个凶形，全无了道修行意，反有争持杀伐心。"燃灯对众人曰："列位道兄，你看他们可是神仙了道之品？"

第三十八回针对闻太师请来的王魔等"四圣"，开首有诗曰：

> 王道从来先施仁，妄加征伐自沉沦。

> 趋名战士如奔浪，逐劫神仙似断磷。
> 异术奇珍谁个是，争强图霸孰为真。
> 不如闭目深山坐，乐守天真养自身。

这回书末尾则有钟惺的评语："闻太师自己不动身，又送四个人死。虽然如此，只他四个人要寻事做，不肯静坐深山，保守天真，甘入'封神榜'内。"

第四十三回则附有这样的评语："十天君，原自讨烦恼，只在金鳌岛，自在逍遥，何等快乐。乃信申公豹之说，练'十绝阵'来助闻太师，是自取灭亡，所以说天作孽犹可违，自作孽不可活……"

即使对阐教众仙的描写中，也有一些微妙的细节表现了恬静无欲是神仙的根本思想。同为元始弟子，燃灯道人比广成子等十二弟子修为又略高一筹，所以破十绝阵由燃灯道人代表姜子牙掌管符印，黄河阵时也只有他未曾遭厄。燃灯道人的高明就在他比其他众仙更能坚持恬静无欲、守一知足的道教宗旨。诛仙阵、万仙阵两次"观阵"的细节生动地表现了这一点。第七十六回观诛仙阵：

> 且说多宝道人已知阐教门人来了，用手发一声掌心雷，把红气展开，现出阵来。芦篷上众仙正看，只见红气闪开，阵图已现，好利害：杀气腾腾，阴云惨惨，怪雾盘旋，冷风习习，或隐或现，或升或降，上下反复不定。内中有黄龙真

神仙意境

《封神演义》插图

人曰:"吾等今犯杀戒,该惹红尘,既遇此阵,也当得一会。"燃灯曰:"自古圣人云:只观善地千千次,莫看人间杀伐临。"内中有十二代弟子到有八九位要去。燃灯道人阻不住,齐起身下了芦蓬,诸门人也随着来看此阵。行至阵前,果然是惊心骇目,怪气凌人,众仙俱不肯就回,只管贪看。

"贪看"的结果是引发一场争斗,不过这一次没有吃亏,多宝道人被广成子打了一番天印,逃回阵去了。但万仙阵观阵却吃了亏:

内中有黄龙真人曰:"众位道友,自元始以来,惟道独尊,但不知截教门中一意滥传,遍及匪类,真是可惜工夫,苦劳心力,徒费精神;不知性命双修,枉了一生作用,不能免生死轮回之苦,良可悲也。"有道行天尊曰:"此一会,正是我等一千五百年之劫,难逢难遇。今我等先下蓬看看,如何?"燃灯曰:"我等不必去看,只等师尊来至,自有会期。"广成子曰:"我等又不与他争论,又不破他的阵,远观何妨?"众道人曰:"广成子言之甚当。"燃灯阻不住众人,只得下蓬,一齐来看万仙阵。

这一次看阵又惹起争斗,"马遂跃步仗剑来取,黄龙真人手中剑急忙来迎。只一合,马遂祭起金箍,把黄龙真人的头箍住了。真人头疼不可忍,众仙急救真人。大家回芦蓬上来。真人急除金箍,除又除不下,只箍得三昧真火从眼中冒出"。黄龙真人等不听燃灯道人劝阻，没有恪守恬静无欲的道教宗旨，就惹出是非，吃了大亏。黄龙真人似乎是元始门下本领最差的一个，却又最爱出风头。第四十七回被赵公明用缚龙索捉去，吊在幡杆上面，靠杨戬变化才得救。第五十九回又有："吕岳战黄龙真人，真人不能敌，且败往正中央来。""哪吒听见三军呐喊，振动山川，急来看时，见吕岳三头六臂，追赶黄龙真人。"

为什么对黄龙真人如此调侃？也许黄龙真人是由黄龙修炼得道，否则为什么赵公明用缚龙索把他擒去呢？而《封神演义》很讲究所谓"出身清正"，认为人比其他动物高一等，非人类修仙往往难成正果。截教正因此受到阐教轻视。截教里有许多非人类的动物，如龟灵圣母是大乌龟，虬首仙、灵牙仙、金光仙分别是狮、象、犼，羽翼仙是大鹏鸟等。

截教门人自己也知道这个弱点，第七十三回广成子三进碧游宫，多宝道人在通天教主面前造谣挑拨："……他骂吾教是左道傍门，'不分披毛带角之人，湿生卵化之辈，皆可同群共处。'他视我为无物，独称他玉虚道法为'无上至尊'，所以弟子等不服也。"第七十七回元始天尊责备通天教主："况贤弟也不择是何根行，一意收留，致有彼此搬斗是非，令生灵涂炭。"可见截教门中来历庞杂。第八十二回又说："见截教中高高下下，攒攒簇簇，俱是五岳三山四海之中云游道客，奇奇怪怪之人。""截教门中一意滥传，遍及匪类……"

动物比起人来自然要更缺乏理性自制，更凶顽难伏，因而也更难做到恬静无欲，而恬静无欲正是修真了道的根本要求。从道号透露的信息看，阐教中只有黄龙真人是非人类出身，因而本事最差而又最不安静。另一方面，龙又是动物里最神圣的，这就又高于截教中的那些动物出身了，故而黄龙真人毕竟属于阐教。这是一种微妙的象征暗示。

最能体现恬静无欲难能可贵的是云霄娘娘下山的故事。云霄是截教众仙中颇有见识的一位。她哥哥赵公明被燃灯道人夺去定海珠，找云霄借宝贝报仇，云霄不肯借，对赵公明说："大兄，此事不可行。昔日三教共议，金押'封神榜'，我等俱在碧游宫。我们截教门人，'封神榜'上颇多，因此禁止不出洞府，只为此也。……如今阐教道友犯了杀戒，我截教实是逍遥。昔日凤鸣岐山，今生圣主，何必与他争论闲非。大兄，你不该下山，你我只等子牙封过神，才见神仙玉石。大兄请回峨嵋山，待平定封神之日，我亲自往灵鹫山，问燃灯讨珠还你。若是此时要借金蛟剪、混元金斗，妹子不敢从命。"禁不住碧霄、菡芝仙等再三撺掇，不得已借金蛟剪给赵公明，还再三叮嘱"千万不可造次行事！"甚至赵公明被陆压射死后，云霄仍然说："我师有言：'截教门中不许下山；如下山者，"封神榜"上定是有名。'此天数已定。我兄不听师言，故此难脱此厄。"可是终因两个妹妹琼霄、碧霄下山，云霄又想："我妹妹此去，必定用混元金斗乱拿玉虚门人，反为不美。惹出事来，怎生是好！我当亲去执掌，还可在我。"结果下山后被形势裹挟，越陷越深，终于摆了黄河阵，最后落得一败涂地，也成了封神榜上之人。

云霄下山的故事是很有艺术趣味的，它生动地表现了一个有主见的人怎样受到所处形势和身旁人的影响而终于身不由己，违背了自己的初衷。从《封神演义》的立意本旨来说，则是要表现恬淡无欲对修仙来说是多么重要，又是多么难以做到。钟惺有评语说得十分透彻："云霄既知师训又知天命，如何立脚不牢，必竟被旁人摇动了。大抵气是易动的，所以孟夫子要养气；神仙要消却无明。又曰：心如死灰，方才做得神仙。"

修仙要遭劫，劫数挺不过去则肉体死灭，灵魂封神。正如本章开头几节引文所说，封神由来是因为"昊天上帝命仙首十二称臣"，也就是说天宫缺少官员，出榜招贤，共要三百六十五位成神，"上四部雷、火、瘟、斗，下四部群星列宿、三山五岳、步雨兴云、善恶之神"。这些神将去天宫当差，有职有权，可是为什么阐教和截教的那些仙人却那么害怕"封神榜上有名"呢？原来成神远远不如修仙，第七十七回元始天尊对通天教主说："当时在你碧游宫共议'封神榜'，当面弥封，立有三等：根行深者，成其仙道；根行稍次，成其神道；根行浅薄，成其人道，仍堕轮回之劫。"前引第三十八回也说："大抵神道原是神仙做的，只因根行浅薄，不能成正果朝元，故成神道。"这表白得十分清晰："根行深者"才能成仙，"根行浅薄"只能成神。

那么"仙道"和"神道"之间的根本区别究竟是什么？原来就是肉体生命的存在与否。这正是我们在第二章概述过的道教信仰的基石，神仙情结的核心。所谓："若生亡，则道废，道废则生亡。生道合一，则长生不死。"一位美学研究者把道教的这个特征概括为：此岸性——宗教彼岸性在道教中的独特体现。[1]这种"此岸性"是对道教信仰——对生命、享乐和自由的追求向往——的一种理论概括,具体到《封神演义》里,就是"神道"不如"仙道",因为"神道"是肉体毁灭后灵魂"封神","仙道"则是"肉身成圣"。

道教的此岸性特征既体现在它的宗教思想体系中,又体现在它的神仙谱系中,还体现在它的宗教活动中。在道教这里,作为幻化了的现世生活自由的彼岸世界,是中国古代哲学中"体用"范畴中的"体",它的此岸意义、此岸作用则是"体用"范畴中的"用"。

哲学范畴的确定,集中体现着民族的思维习惯、思维特征。中国古代哲学中"体用"范畴的普遍意义,表明古代中国人总是见"体"便必求其"用",因"用"而必求其"体",没有无"用"之"体",也没有无"体"之"用"。

由这种"体用不二"思维出发创造出的道教,在尽力幻化出一个彼岸之"体"的同时,又尽力把它回流为现世之"用"。而在这种彼岸向此岸回流,此岸向彼岸升华的实幻互融之中,起着枢纽作用的,是在中国古代文化精神中根深蒂固的"天人合一"的哲学观念。

道教从产生之日起,就从它所依据的思想母体那里获得了这样的定性:一方面它具有现实性的目的和现实性的内容;另一方面,也是决定道教所以为宗教的方面,是它的彼岸性质。本来,

---

[1] 高楠:《道教与美学》,辽宁人民出版社 1989 年版。

此岸与彼岸是对立的,但由于道教从产生那天起便是此岸与彼岸的双根共体,因此,它总是以各种方式实现着此岸与彼岸的融合。

如我们在第二章所概述的,道教一方面由生殖崇拜生发对生命的崇拜,对永生的追求,另一方面又由对男女"阴阳交合"大而化之的抽象模拟产生非常具体的"还精补脑"炼内丹、结圣胎等长生方术,确实是"彼岸"与"此岸"的高度融合。凡人可以修炼成仙,由现世生活直接进入原来是彼岸的神仙世界。而修炼成仙的方法又是此岸性的。这正是神秘的彼岸力量向现实世界回流,现实世界向彼岸世界升华的最充分的体现。

这就是《封神演义》里"仙道"高于"神道",即肉体、灵魂共同不朽高于肉体毁灭而灵魂不朽的文化背景和思想根据。道教此岸性和彼岸性的双根共体和互相融合衍生了《封神演义》里修仙—遭劫—封神这样的情节构思。

仙高于神,不仅因为仙比神多了肉体的不朽,还因为仙比神要逍遥自在。这正是道教的根本追求——生命与自由,寻根问源,这当然又充分体现了道教此岸性与彼岸性的双根共体。要葆有自身的逍遥,即使天帝的束缚也不愿忍受,这是何等现实,多么"此岸"!《封神演义》里的神仙全都住在人间,每一位神仙占一座名山,有一个洞府。如元始天尊的十二个弟子:

九仙山桃源洞广成子

太华山云霄洞赤精子

二仙山麻姑洞黄龙真人

夹龙山飞云洞惧留孙

乾元山金光洞太乙真人

崆峒山元阳洞灵宝大法师

五龙山云霄洞文殊广法天尊

九宫山白鹤洞普贤真人

普陀山落伽洞慈航道人

玉泉山金霞洞玉鼎真人

金庭山玉屋洞道行天尊

青峰山紫阳洞清虚道德真君

此外如燃灯道人在灵鹫山圆觉洞，云中子在终南山玉柱洞，赵公明在峨眉山罗浮洞，云霄娘娘在三仙岛等。这些人都是所谓天皇氏已得道的大罗神仙，修行至少已有一千五百年，腾云驾雾，上天入海，随心所欲，可是他们却不住在天庭，而住在人间，隐居山林。

甚至连老子、元始天尊、通天教主这几个所谓的三教圣人，已是万劫不坏之身，也仍然不上天，而在人间各占一座山林宫观。这些"仙山"实实在在就是人间山水。昆仑山是元始天尊的居地，第三十七回《姜子牙一上昆仑》有一首诗赞：

> 烟霞散彩，日月摇光，千株老柏，万节修篁。千株老柏带雨，满山青染染；万节修篁含烟，一径色苍苍。门外奇花布锦，桥边瑶草生香。岭上蟠桃红锦烂，洞门茸茸翠丝长。时闻仙鹤唳，每见瑞鸾翔。仙鹤唳时，声振九皋霄汉远；瑞鸾翔处，毛辉五色彩云光。白鹿玄猿时隐现，青狮白象任行藏。细观

灵福地,果乃胜天堂。

第四十四回描写赤精子去见老子,"不一时已到仙山。此处乃大罗宫玄都洞,是老子所居之地;内有八景宫,仙境异常"。下面也有一首诗赞:

> 仙峰巅险,峻岭崔嵬。
> 坡生瑞草,地长灵芝。
> 根连地秀,顶接天齐。
> 青松绿柳,紫菊红梅。
> 碧桃银杏,火枣交梨。
> 仙翁判画,隐者围棋。
> 群仙谈道,静讲玄机。
> 闻经怪兽,听法狐狸。
> 彪熊剪尾,豹舞猿啼。
> 龙吟虎啸,凤鸾鸾飞。
> 犀牛望月,海马声嘶。
> 异禽多变化,仙鸟世间稀。
> 孔雀谈经句,仙童玉笛吹。
> 怪松盘古柏,宝树映沙堤。
> 山高红日近,涧阔水流低。
> 清幽仙境院,风景胜瑶池。
> 此间无限景,世上少人知。

这里渲染逍遥，赞美隐居，是"在野"的仙家，而不是"当朝"的天神。"细观灵福地，果乃胜天堂。""清幽仙境院，风景胜瑶池。"为什么"胜天堂""胜瑶池"呢？因为比天堂逍遥，比瑶池自由。本来按照道教典籍，天堂是应该比仙山高一等级的。所谓："上士得道，升为天官；中士得道，栖集昆仑；下士得道，长生世间。"（《抱朴子·内篇·金丹》）这上中下三等神仙分别为天仙、地仙、尸解仙。《仙经》解释说："上士举形升虚，谓之天仙；中士游于名山，谓之地仙；下士先死后蜕，谓之尸解仙。"但显然，这种"理论"并未深入人心，不是天仙，而是地仙更受到欢迎。所以到了《封神演义》里就发生了艺术变形。

最完美、崇高的境界是地仙，而不是天仙。因为天仙的彼岸性太强，而地仙却能兼有天上与人间的好处，是彼岸性与此岸性的互补结合。其实，《抱朴子·内篇·对俗》有一段已经流露出这种倾向：

> 或曰："得道之士，呼吸之术既备，服食之要又该，掩耳而闻千里，闭目而见将来，或委华驷而辔蛟龙，或弃神州而宅蓬瀛，或迟回于流俗，逍遥于人间，不便绝迹以造玄虚，其所尚则同，其逝止或异，何也？"抱朴子答曰："闻之先师云，仙人或升天，或住地，要于俱长生，去留各从其所好耳。"又服还丹金液之法，若且欲留在世间者，但服半剂而录其半。若后求升天，便尽服之，不死之事已定，无复奄忽之虑。正复且游地上，或入名山，亦何所复忧乎？彭祖言，天上多尊

官大神，新仙者位卑，所奉事者非一，但更劳苦，故不足役役于登天，而止人间八百余年也。……人道当食甘旨，服轻暖，通阴阳，处官秩，耳目聪明，骨节坚强，颜色悦怿，老而不衰，延年久视，出处任意，寒温风湿不能伤，鬼神众精不能犯，五兵百毒不能中，忧喜毁誉不为累，乃为贵耳。……笃而论之，求长生者，正惜今日之所欲耳，本不汲汲于升虚，以飞腾为胜于地上也。

这种融生命、享乐与自由为一体的思想到了《封神演义》里就化为老子、元始天尊等神仙住在人间的"洞天福地"而不是天堂的情节，以及"仙道"高于"神道"、"封神"是祸不是福的构思。

在殷周更替的战乱中死于非命，灵魂上天成神，虽然按布周天，有职有权，却成了为天庭服务的"官身"，要受管辖，再不像住在仙山洞府的神仙那样自由自在了。此其一。

封神又要经过肉体毁灭这个痛苦的中介，剩下虚飘飘的灵魂，这是不完满的，这实际上是尸解仙，与道教珍视肉体生命的理想大相径庭。此其二。

生命与自由两大要素都打了折扣，剩下享乐一个要素自然也不充分，因为缺少自由的享乐是不彻底的享乐，没有肉体参与，享乐也不实在。《聊斋志异》里的女鬼虽然已经和她热爱的男子同居多日，还是要争取肉体还阳才算美满，道理相通。

这就是修仙—遭劫—封神这一个大情节所反映的道教文化的真实内涵。因此，阐、截两教神仙对阵时，阐教神仙总是用"你也是封神榜上有名的"这句话来恐吓对方。而帮助姜子牙的"三山五岳门人"也分为福厚和福薄两类，福薄的终于在战斗中失利殒身，上了封神榜被死后封神，福厚的则"肉身成圣"，去做自由潇洒的神仙。

身死封神的神仙门徒有七个，他们分别是道行天尊门下的韩毒龙、薛恶虎，清虚道德真君门下的黄天化，惧留孙门下的土行孙，清虚道德真君的又一个徒弟杨任，以及广成子的门徒殷郊和赤精子的门徒殷洪。其中殷郊和殷洪是纣王之子，纣王听信妲己谗言，杀妻诛子，广成子、赤精子救殷郊、殷洪上山，收为门徒，让他们去帮助姜子牙伐纣，结果被申公豹说反倒戈，广成子、赤精子只好下山杀死自己的徒弟。

韩毒龙、薛恶虎死于十绝阵，道行天尊叹曰："门人两个，今绝于二阵之中！"黄天化于第六十九回被高继能杀死。"高继能展开蜈蜂袋，也是黄天化命该如此，那蜈蜂卷将来，成堆成团而至，一似飞蝗，黄天化用两柄锤遮挡，不妨蜈蜂把玉麒麟的眼叮了一下，那麒麟叫了一声，后蹄站立，前蹄直竖，黄天化坐不住鞍鞒，撞下地来，早被高继能一枪正中胁下，死于非命，——一魂往封神台去了。"

土行孙于第八十七回死于张奎之手，杨任于第九十一回被袁洪打死。除此之外，虽非三山五岳门人，先后归顺周营且有异术的郑伦、洪锦、龙吉公主、龙须虎等也属于"福薄"之辈，难逃身死封神的命运。

李靖、金吒、木吒、哪吒父子四人和杨戬、韦护、雷震子则福气大,历尽征战,功成名就,却不受周武王的封爵赏赐,"恬淡性成,志存泉石","凡红尘富贵,功名爵禄,并非臣等之所愿也"。他们遂受到特殊对待:"此七人俱是肉身成圣",书中还有一首表示无比艳羡的诗:

> 别驾归山避世嚣,闲将丹灶自焚烧。
> 修成羽翼超三界,炼就阴阳越九霄。
> 两耳怕闻金紫贵,一身离却是非朝。
> 逍遥不问人间事,任尔沧桑化海潮。

道家的逍遥无为和道教的享乐自由在这里得到形象的体现,而其核心——肉身成圣是对生命不朽的认同。李靖等七人顺利克服劫难,去成仙而不是被封神,达到了完全的胜利,实现了道教的理想。而燃灯道人、太乙真人等阐教神仙也安然度过神仙一千五百年杀戒的劫数,回到他们各自的仙山洞府逍遥复逍遥。他们什么时候才迁往天堂居住栖止呢?

千般法术万宗宝

《封神演义》中最引人入胜的一部分内容，是对阐教、截教和西方教（佛教前身）的神仙佛祖们各种神通、法术和宝贝天花乱坠的描写。那些云谲波诡的斗法赛宝，魔高一尺、道高一丈的争持较量，确实让人看得眼花缭乱、心花怒放，有一股放荡不羁、出人意表的丰富想象力从纸面纸背向你扑面而来。

有的研究者把《封神演义》这些荒怪俶诡的想象、幻想与现代军事科学的发明联系起来。杜若说："封神传的卓越构想是在军事方面。三百年来，若有人从它的构想得到启示，制造出各种犀利的武器，清朝就不会被外国人打得那么惨了。可惜，大家只将它作无稽的小说看，以为幻想只是幻想，反被外国人着了先鞭。"[1] 具体地说，《封神演义》中有所谓化学战的构想，生物战的构想，立体战的构想以及新式武器火箭、激光等的构想。

化学战和生物战主要表现在第五十八回《子牙西岐逢吕岳》、第八十回《杨任大破瘟癀阵》和第八十一回《子牙潼关遇痘神》中。

---

[1] 杜若：《封神传的评价》，台北天一出版社 1970 年版《中国古典小说研究资料汇编》之《封神的主题与结构》卷。

第五十八回截教的吕岳带领四个门徒周信、李奇、朱天麟、杨文辉与姜子牙敌对,先用"头疼磬""发躁幡""昏迷剑""散瘟鞭"四种异宝制服了姜子牙手下的四个门人金吒、木吒、雷震子和龙须虎:

  周信揭开袍服,取出一磬,转身对金吒连敲三四下。金吒把头摇了两摇,即时面如金纸,走回相府声唤,只叫:"头疼杀我!"子牙问其详细,金吒把赶周信事说了一遍,子牙不语。金吒在相府,昼夜叫苦。

  往来未及五七回合,李奇便走。木吒随后赶来。二人步行,赶不上一射之地,李奇取出一幡,拿在手中,对木吒连摇数摇,木吒打了一个寒噤,不去追赶。李奇也全然不理,径进大营去了。且说木吒一会儿面如白纸,浑身上如火燎,心中似油煎,解开袍服,赤身来见子牙,只叫:"不好了!"子牙大惊,急问:"怎的这等回来?"木吒跌倒在地,口喷白沫,身似炭火。

  雷震子方才要赶,朱天麟将剑往雷震子一指,雷震子在空中驾不住风雷二翅,一声响落将下来,便往西岐城内跳将进来,走至相府。子牙一见走来之势不好,子牙出席,急问雷震子曰:"你为何如此?"雷震子不言,只是把头摇,一交跌倒在地。子牙仔细定睛,看不出他蹊跷缘故,心中十分不乐,命抬进后厅调息。

杨文辉不敢久战,掩一剑便走。龙须虎随后赶来。杨文辉取出一条鞭,对着龙须虎一顿转。龙须虎忽的跳将回去,发着石头,尽行力气打进西岐,直打到相府,又打上银安殿来。子牙忙着两边军将:"快与我拿下去!"众将官用钩连枪钩倒在地,捆将起来。龙须虎口中吐出白沫,朝着天,睁着眼,只不作声。

后来吕岳又和四个徒弟在西岐散布"瘟丹","大家小户,天子文武,士庶人等,凡吃水者,满城尽遭此厄。不一二日,一城中烟火全无,街道上并无人走。皇城内人声寂静,止闻有声唤之音;相府内众门人也逢此难"。第八十四回吕岳又炼瘟瘟阵,使子牙受百日之灾。第八十一回余德"将此五斗毒痘四面八方泼洒","周营众人俱肉体凡胎,如何经得起。三军人人发热,众将个个不宁。子牙在军中也自发热。武王在后殿自觉身疼。六十万人马俱是如此。三日后,一概门人、众将,浑身上下俱长出颗粒,莫能动履,营中烟火断绝"。

第七十四回又有化血神刀:

余化把一口刀,名曰"化血神刀"祭起,如一道电光,中了刀痕,时刻即死。怎见得,有诗为证:
丹炉曾煅炼,火里用功夫。

> 灵气后先妙,阴阳表里扶。
> 透甲元神丧,沾身性命无。
> 哪吒逢此刃,眼下血为肤。
>
> 余化将化血刀祭起,那刀来得甚快,哪吒躲不及,中了一刀。大抵哪吒乃莲花化身,浑身俱是莲花瓣儿,纵伤了他,不比凡夫血肉之躯,登时即死,该有凶中得吉。哪吒着了刀伤,大叫一声,败回营中;走进辕门,跌下风火轮来。哪吒着了刀伤,只是颤,不能做声。

这些描写确有点化学战、细菌战的味道。化血神刀是化学武器,"散瘟鞭"等则是细菌武器。艺术想象奠基于对病理现象的观察。克制办法则是药物治疗和消灭病源。杨戬去余元处骗来丹药制服化血神刀,第五十八回和第八十一回也由杨戬去火云洞找神农要来丹药救解,并传下中草药给后世对症下药。第八十回则由清虚道德真君派杨任用五火七翎扇把瘟瘴阵一火烧光,这是消灭细菌来源的意思。

所谓立体战,是指除了地面进攻之外,再加上从空中、地底、海上进行攻击,构成一种立体交叉的进攻态势。这主要在飞机发明之后才真正实现,而中国抗日战争时的地道战也是脍炙人口的。但在《封神演义》里,商、周两方面都各有一个"飞行员"辛环和雷震子,又各有一个地下攻击能手张奎和土行孙。生动地体现了立体战的构想。

第二十一回雷震子吃了两枚仙杏,长出了风雷翅,从此每逢临战对敌,"雷震子展动风雷二翅,飞在空中,是上三路",英勇无敌,全仗"空中优势"。"雷震子将胁下翅一声响,飞起空中,有风雷之声",这种"有风雷之声"的空中打击,说是现代武库中轰炸机的先兆并不过分。商营中的辛环,与雷震子颇为相似,"忙提锤砧,将胁下双肉翅一夹,飞起空中",但"肉翅"显然不及"风雷翅","雷震子中途一战,只杀的辛环抵挡不住,抽身望岐山逃去"。这又和现代战争中不同类型的战斗飞机"一物降一物"相仿佛。

张奎与土行孙则能在地底作战,这是立体战的又一层次:

> 哪吒忙祭起乾坤圈来打张奎。张奎看见,滚下马,就不见了。土行孙也把身子一扭,来赶张奎。张奎一见大惊:"周营中也有此妙术之人!"随在地底下,二人又复大战。大抵张奎身子长大,不好转换;土行孙身子矮小,转换伶俐,故此或前或后,张奎反不济事,只得败去。土行孙赶了一程,赶不上,也自回来。那张奎地行术,一日可行一千五百里;土行孙止行得一千里,因此赶不上他……

《封神演义》中还有一些法术神通的描写与当代的有些新式武器十分接近。第六十四回《罗宣火焚西岐城》罗宣所用火器类似于现代的火箭、导弹。

> 不意时至二更,罗宣同刘环借着火遁,乘着赤烟驹,把万里起云烟射进西岐城内。此万里起云烟乃是火箭,及至射

进西岐城内,可怜东、西、南、北,各处火起,相府、皇城,到处生烟。

且说罗宣将万鸦壶开了,万只火鸦飞腾入城,口内喷火,翅上生烟;又用数条火龙,把五龙轮架在当中,只见赤烟驹四蹄生烈焰,飞烟宝剑长红光,那有石墙、石壁烧不进去。

十绝阵里有金光阵,赤精子有阴阳镜,都用镜子作武器。镜子是道教里重要的法器,后面再分析,从现代武器类比的角度来说,则像激光武器。第四十六回金光阵:

金光圣母下驹上台,将二十一根杆子吊着镜子,——镜子上每面有一套,套住镜子。——圣母将镜子拽起,其镜现出,把手一放,明雷响处,振动镜子,连转数次,放出金光,射着萧臻,大叫一声。可怜!正是:
百年道行从今灭,衣袍身体影无踪。

第七十一回火灵圣母的金霞冠也是光学武器:

不知火灵圣母头上戴着一顶金霞冠,冠上有一淡黄包袱盖住,火灵圣母将包袱挑开,现出十五六丈金光,把火灵圣母笼罩当中。他看得见洪锦,洪锦看不见他,早被圣母把洪锦照前甲上一剑砍来。

第八十七回高兰英的太阳神针与金霞冠异曲同工:

> 高兰英上马提刀,先将一红葫芦执在手中,放出四十九根太阳神针,先在城里提出。邓婵玉只听得马响,二目被神针射住,观看不明,早被高兰英手起一刀,挥于马下。

《封神演义》的这些想象与欧洲军事科学的发明惊人地相似,但为什么在中国这种幻想没有成为科学发明的酵母,而只成为荒诞的神话呢?为什么中国人就不能"从它的构想得到启示,制造出多种犀利的武器"呢?这并不是历史的偶然性,而有其必然性,它实际上由中华文明的背景、结构,中华民族的文化心理构成所决定。

关于中西文化的讨论已经使这种文化背景显示出清晰的轮廓。尽管理论家们各有自己的一套名词、论证和体系,在宏观的认识把握上其实往往"所见略同"。用通俗的语言概括,中华文明是大陆文明、农业文明,有两千多年的专制政治传统,重农抑商的经济传统,长期延续强固有力的氏族宗法血亲传统遗风,因而衍生了整体直观、实用理性、体悟直觉、类比外推、象征比喻等文化心理、思维模式,所有这一切都不利于科学创造发明的大规模发生发展。一位学者指出,直到鸦片战争以前,居于传统思维方式主导地位的,是以"月令"为代表的、以阴阳五行为核心的思维模式。[1]不管

---

[1] 金春峰:《"月令"图式与中国古代思维方式的特点及其对科学、哲学的影响》,载《中国文化与中国哲学》,东方出版社1986年版。

这种概括是否全面，阴阳五行的理论贯穿于中国传统社会的始终，深刻影响了中国古代的思想文化和科学技术，乃是不争的事实。

中国传统的宇宙观，从先秦直到近代以前，其理论体系从来没有超出阴阳五行的框架。金、木、水、火、土是构成世界的五种元素。它们的性质分别为：水润物而向下，火燃烧而向上，木可曲可直，金可熔铸改造，土可耕种收获。它们又分别给人以咸、苦、酸、辛、甜等味道的感觉。此即《洪范》所说：

> 五行：一曰水，二曰火，三曰木，四曰金，五曰土。水曰润下，火曰炎上，木曰曲直，金曰从革，土爰稼穑。润下作咸，炎上作苦，曲直作酸，从革作辛，稼穑作甘。

很显然，水、火、木、金、土分别具有的性状和功能，是从生产实践和日常生活中概括出来的，水、火、木、金、土已不单纯是五种具体物质，而是五个范畴或类概念。这是以具体可感知的事物说明抽象的道理。五行理论，更强调的是水、火、木、金、土所象征的地球生物的生命节律，即"气"的运动趋向、方式，一种天人合一的规律。

阴阳观念也是如此。郭沫若认为阴爻、阳爻符号分别是女性和男性生殖器的象征。这种意见可以和我们前面几章的论述彼此印证。《神异经》有这样的说法：

> 东南隅大荒之中，有朴父焉，夫妇并高千里，腹围自辅。

> 天初立时，使其夫妻导开百川，懒不用意，谪之并立东南，男露其势，女露其牝，不饮不食，不畏寒暑，唯饮天露。须黄河清，当复使其夫妇导护百川。

这对"天地初立"时的懒夫妇被罚以裸体并立，正是原始时代生殖崇拜观念的流露。《淮南子·精神篇》中则已把阴阳上升为天地初开时期的阴神和阳神：

> 古未有天地之时，唯象无形，窈窈冥冥，……有二神混生，经天营地；孔乎莫知其所终极，滔乎莫知其所止息，于是乃别为阴阳，离为八极……

高诱注："二神，阴阳神也。"而所谓"离为八极"则已预示了八卦的诞生。据研究者们说，古人将一年分为两个半年，进一步又将两个半年各自分成两个时期，这样一年便分成春、夏、秋、冬四季。这种一分为二、再一分为二的思想便导致阴阳产生四象，四象再产生八卦。

四象是太阴、少阴、太阳、少阳，其符号为：⚏、⚎、⚌、⚍；八卦是乾、兑、离、震、巽、坎、艮、坤，其符号为：☰、☱、☲、☳、☴、☵、☶、☷。到了《易传》里面，乾、坤、震、巽、坎、离、艮、兑分别被解释为天、地、雷、风、水、火、山、泽八种自然现象。阴阳五行学说进一步发展，出现了"五行相生"的观点，所谓木生火，火生土，土生金，金生水，水生木。反过来又是五行相克。

这样一种思维模式,被各种流派的思想学说吸收利用,成为各种思想观点的理论根据。如战国时期阴阳家邹衍以五行相胜附会历史上的改朝换代。他说黄帝属土,夏朝属木,木胜土,故夏朝代黄帝而兴;商朝属金,夏朝属木,金胜木,故代夏而兴;周朝属火,火胜金,故代商而兴。水胜火,故他预言代周的必属水。这便是"五德终始"的理论。

西周的伯阳父用阴阳二气失调来解释地震,借以说明周朝必然灭亡。汉代董仲舒将阴阳赋予天、人和社会,用阳主阴次、阳尊阴卑和五行生克的理论,说明人体、自然以及社会的性质、状况和次序,为大一统的政治专制提供理论根据。东汉的《白虎通》,宋代周敦颐的《太极图说》,王安石的《洪范传》,明末清初王夫之的《张子正蒙注》,也都利用吸收阴阳五行理论。无论是原始的阴阳五行理论,还是后来思想家对它的利用,其理论体系和论证方法都带有强烈的直观色彩和经验论特征,标示出整体直观、实用理性的心理轨迹。

结果是悲喜交集的。一方面,阴阳五行构架的整体直观、宏观视野孕育了对宇宙大规律超前把握的中华"太极文化",里面蕴藏着西方人到20世纪才开始认识的神秘智慧,量子力学、计算机等现代前沿科学技术都能够在《周易》的阴阳八卦中找到资源。另一方面,"太极文化"的故乡终于从领先地位掉了队,而西方文化却后来居上,发展出日新月异的科学技术,咄咄逼人地反过来叩击中华的大门。

这幕悲喜剧的导演自然很复杂,其中一个基本原因,是以《周易》为代表的中华太极文化虽然蕴含着超前的智慧,在其光照下也产生过发达的技术,却始终没有深化自己的方法论,因而也谈不上与先进的方法相应的近代科学技术的结构。这是"直观""经验"的局限。结构是重要的。把太极文化反映出的宇宙观转化为人世间源源不断的财富,中间环节是合理的科技结构。科学的具体知识附着于结构之上。而由《周易》导源而来的科学知识和技术手段却附着在一个庞大而难以驾驭的易学结构之上。构造六十四卦的方法始终没有破译出来,明晰精密的逻辑推理被既高深莫测又难以理喻的象数推理所取代,阴阳学说"类万物之情"的大包大揽而没有形成学科分工,没有企图去搞清阴阳五行学说作用于万物的具体规律和具体理论,更谈不上探明万物构造机制的受控实验。《周易》没有得到进一步的理论说明,其实际功能大大衰减。易学导源出的文化始终徜徉在经验的道路上,阴阳五行学说实际上自我窒息。它的影响覆被了中华文化各个领域各个层面,却没有产生能转化为大量社会物质财富的科学技术结构。阴阳学说指示了事物的对立统一规律,对立统一是万物的运动转化规律,但规律不是方法,也不能用规律代替方法。缺少的正是方法,因而形不成适宜科学发展的结构。不过,不能因此抹杀太极文化的精微奥妙之处,它的许多隐蔽、窒息的秘密正等待人们去开发,去激活。

道教自然也吸收了阴阳五行学说。《云笈七签》卷十二《三洞经教部》之《五行章》有云:"五行谓水火金木土。相推者,水生木、木生火、火生土、土生金、金生水、水又生木,周而复始。又相刻（克）法：水刻火、火刻金、金刻木、木刻土、土刻水、水又刻火，周而复始。相推之道也。反归一者，水数也。五行之首，万物之宗。《道经》云：道生一，一生二，二生三，三生万物。又《易》有太极，是生两仪。太极者，一也，两仪，天地。天地生万物，又终而归一。一者无之称。万物之所成终，故云归一。"

有的研究者用通俗的语言概括了道教的这种情况[1]：当南方的老子、庄子吸收"阴阳"学说，构筑着"道"创造宇宙的畅想曲的时候，北方另一种宇宙图式已经成熟，这就是以金、木、水、火、土为基本元素解释宇宙万物的"五行"说。在道教里面，老子、庄子玄想式的宇宙起源理论与基于直观经验的"阴阳""五行"理论被糅合在一起，形成了新的宇宙图式。这个宇宙图式不仅有了时（纵）、空（横）两维，构成了平面网络结构，而且还吸收了北方周文化圈那种沟通自然、社会、人，进行横向联系的思维方式，把自然的起源、社会的起源与人的起源，把自然的结构、社会的结构与人的结构配套成龙，使它们形成了一个同源、同构、互感的庞大系统，使这个平面网络结构又有了网络自然、社会、人的一切现象的立体多维功能。道教的这个理论模式的骨架仍然是"道""阴阳""五行"等融合之后的那个自然、社会、人同源同构互感的系统理论。道教是土生土长的中国宗教，它的根深深地扎在中国文化的土壤中，所以它不可能摆脱中国传统思维框架的约

---

[1] 葛兆光：《道教与中国文化》，上海人民出版社1988年版。

束而另创一套崭新的理论，只能在原有的框架里腾挪变化。

《封神演义》里神通、法术、宝贝的神奇幻想没有刺激产生军事科学的发明也因此容易理解，因为整个民族文化心理缺乏这样的背景。同时，我们却可以看到，道、阴阳、五行这些道教理论模式的基本因素在《封神演义》神通、法术和宝贝的艺术形象中如水中之盐一样地溶解渗透着。

在前面的章节我们已经涉及过"道"这一概念的发展演变。道家崇尚的"道"是超乎形象的宇宙最高法则，它的起源与生殖崇拜相关，道教进一步夸大"道"的超越性、绝对性，"道"遂成为具有无限威力的全知全能至上神的代名词。这里面也隐隐约约地包含着古人对自然规律、社会规律、历史规律乃至整个宇宙规律一种既切实又神秘的感觉和把握。

"道可道，非常道。"（《老子》）"道者涵乾括坤，其本无名。论其无，则影响犹为有焉；论其有，则万物尚为无焉。"（《抱朴子·内篇·道意》）"太上之象，莫高乎道德，其次莫大乎神明，其次莫大乎太和，其次莫崇乎天地，其次莫着乎阴阳，其次莫明乎大圣。夫道德，所以可道而不可原也。神明，所以可存而不可伸也。太和，所以可体而不可化也。天地，所以可行而不可宣也。阴阳，所以可用而不可传也。大圣，所以可观而不可言也。"（《云笈七签·卷之一道德部》）

"道"在《封神演义》里体现为所谓"天数"，这种"天数"或"天意"是超乎一切的，不可抗拒的，确有些像今天所谓的自然规律、历史规律。因而"道"或"天数"也就超越一切神通、法术、宝贝，不仅一般神仙如元始天尊门下十二弟子无法抗拒,就是所谓的三教圣人元始天尊、老子、通天教主,西方的准提道人、接引道人也在天数的制约之下,天庭的最高统治者昊天上帝、瑶池王母等也不能超越天数。天数是一种无形无象却具有无上权威的"规律"和"宇宙精神"。神仙道行的深浅就在于是否能认识天数,因势利导,顺天而行。顺则昌,逆则亡。下面是一些具体描写:

> 子牙复俯伏启曰:"三仙岛摆'黄河阵',众弟子俱有陷身之厄,求老师大发慈悲,普行救拔。"元始曰:"天数已定,自莫能解,何必你言。"元始默言静坐。燃灯、子牙侍于左右。(第五十回)

> 元始称谢西方教主曰:"为我等门人犯戒,动劳道兄扶持,得完此劫数,尚容称谢!"老子曰:"通天教主逆天行事,自然有败而无胜。你我顺天行事,自然有战必胜,毫无差错,如灯取影耳。……"(第七十八回)

> 老子拍掌曰:"周家不过八百年基业,贫道也到红尘中来,三番四转,可见运数难逃,何怕神仙佛祖。"元始曰:"尘世劫运,便是物外神仙都不能免,况我等门人,又是身犯之者,我等不过来了此一番劫数耳。"(第八十二回)

> 道姑曰:"吾非别人,乃昊天上帝亲女,瑶池金母所生。

只因那年蟠桃会,该我奉酒,有失规矩,误犯清戒,将我谪贬凤凰山青鸾斗阙。吾乃龙吉公主是也。"(第五十五回)

元始正欲与通天教主答话,只见洪锦夫妻已亡。元始叹谓西方教主曰:"方才绝者,乃是瑶池金母之女。天数合该如此,可见非人力所为。"(第八十三回)

老子笑曰:"道兄此来,无非为破诛仙阵来。收西方有缘;只是贫道正欲借重,不意道兄先来,正合天数,妙不可言!"准提道人曰:"不瞒道兄说,我那西方:花开见人人见我。因此贫道来此东南两土,未遇有缘;又几番见东南二处有数百道红气冲空,知是有缘,贫道借此而来,渡得有缘,以兴西法,故不辞跋涉,会一会截教门下诸友也。"老子曰:"今日道兄此来,正应上天垂象之兆。"(第七十八回)

上天垂象也就是天数,顺天就是明道,明道就能克敌制胜,就能成仙,达到肉体和灵魂双重不朽,"道与生相守",这正是道的本质。道是超越一切具体法术和宝贝的最大神通。当然,这是就总体而言,并不是绝对的。有时候"天数"已定,并不管你顺不顺。如破十绝阵时阐教方面先派一个作无谓牺牲,然后才派真有本事的出马破阵。破"风吼阵"时:

猛然间,燃灯道人看见两个大汉,问子牙曰:"此是何人?"子牙曰:"黄飞虎新收二将,乃是方弼、方相。"燃灯叹曰:"天数已定,万物难逃!就命方弼破'风吼阵'走一遭。"子牙遂令方弼破"风吼阵"。可怜!方弼不过是俗子凡夫,那里知道其中幻术,便应声道:"愿往!"持戟拽步如飞,直奔至阵前。……

钟惺有评语云:"十绝阵主刚暴自任,理合取败。大抵闻太师是钩魂使,无奈燃灯亦以十个人去填陷,若有意送去的。此还是天数乎?果不可逃者乎?当与知数学者商之。"再如第八十回李平劝吕岳不要与子牙敌对,是深知"天数"的,却被杨任误伤。这些情节反映了道教思想的另一侧面,即"天道难知""天敌不仁,以万物为刍狗"。这种思想是有现实依据的,即自然和社会的演变发展都有其无情的一面。"可信者不可爱,可爱者不可信。"人类的认识永远是局限的,宇宙、自然有其永远的神秘性。

在《封神演义》中,五行是道教的基本道术,太极阴阳则是尖端的道术。这种艺术构思是耐人玩味的。这是否暗示了阴阳与五行的某种原始关系呢?《封神演义》中最神奇莫测、法力无边的宝贝是老子的太极图:

赤精子随即起身。出城行至十阵门前,捏土成遁,驾在空中,只见姚天君还在那里拜伏。赤精子将老君太极图打散抖开,——此图乃老君劈地开天,分清理浊,定地、水、火、风,包罗万象之宝。化了一座金桥,五色毫光,照耀山河天

地,护持着赤精子往下一坠,一手正抓住草人,望空就走。(第四十四回)

话说子牙在前边,后随殷洪,赶过东南,看看到正南上,赤精子看见徒弟赶来,难免此厄,不觉眼中泪落,点头叹曰:"畜生!畜生!今日是你自取此苦。你死后休来怨我。"忙把太极图一抖放开。此图乃包罗万象之宝,化一座金桥。子牙把四不相一纵,上了金桥。殷洪马赶至桥边,见子牙在桥上指殷洪曰:"你赶上桥来,与我战三合否?"殷洪笑曰:"连吾师父在此,吾也不惧;又何怕你之幻术哉!我来了!"把马一拎,那马上了此图。有诗为证:

  混沌未分盘古出,太极传下两仪来。

  四象无穷真变化,殷洪此际化飞灰。

话说殷洪上了此图,一时不觉杳杳冥冥。心无定见,百事攒来。心想何事,其事即至。殷洪如梦寐一般,心下想:"莫是有伏兵?"果见伏兵杀来,大杀一阵,就不见了。心下想拿姜子牙;霎时子牙来至,两家又杀一阵。……赤精子含悲忍泪,只得将太极图一抖,卷在一处;提着半晌,复一抖,太极图开了,一阵风,殷洪连人带马,化作飞灰。——一道灵魂进封神台去了。(第六十一回)

第九十二回和第九十三回女娲娘娘赐杨戬山河社稷图捉袁洪。这山河社稷图与太极图十分相似:

话说袁洪上了"山河社稷图"。如四象变化有无穷之妙，思山即山，思水即水，想前即前，想后即后。袁洪不觉现了原身，忽然见一阵香风扑鼻，异样甜美，这猴儿爬上树去一望，见一株桃树，绿叶森森，两边摇荡，下坠一枝红滴滴的仙桃，颜色鲜润，娇嫩可爱。

第八十三回《三大师收狮象犼》，通天教主的三个徒弟虬首仙、灵牙仙和金光仙分别摆布太极阵、两仪阵和四象阵，元始天尊的三个徒弟文殊广法天尊、普贤真人和慈航道人分别破阵，捉回虬首仙、灵牙仙和金光仙现原形为狮、象、犼作坐骑。破阵前老子对通天教主说："此乃是我掌中所出，岂有不知之理！此是太极两仪四象之阵耳，有何难哉！"元始天尊也说："你且听我道来：混元初判道为尊，炼就乾坤清浊分。太极两仪生四象，如今还在掌中存。"

太极两仪生四象是混元初判道的发展演变，具有"原始""终极""第一因"的意义，是抽象玄妙的；而五行的金、木、水、火、土则是具有实体性的元素。前者轻灵微妙，更多体现了南方的自然思维，后者朴实厚重，更多北方的特色。这与前面所述阴阳五行文化构架的发生衍化是一致的。

《封神演义》写了五花八门、形形色色的宝贝。这些宝贝大多是进攻性武器，也有纯粹防御性的。阐教与截教两方神仙的争斗往往就是宝贝威力的较量。如太乙真人传给哪吒乾坤圈、混天绫、金砖，后来又传给他九龙神火罩；清虚道德真君先后传给黄天化攒心钉、杨任五火七翎扇；燃灯道人传给李靖玲珑金塔，他又有紫金钵盂、乾坤尺；惧留孙有捆仙绳，陆压有宝葫芦斩仙飞刀等等。元始天尊给姜子牙两件宝贝，打神鞭是进攻性的，杏黄旗是防御性的。截教神仙的宝贝以赵公明的定海珠和云霄姐妹的金蛟剪、混元金斗最厉害，几乎把阐教神仙完全打败，直要老子和元始天尊亲临才反败为胜。

这些花样翻新的宝贝其实就是将生活中一些普通物品赋予想象的魔力，这是一目了然的。这些宝贝中最富有代表性、最能体现道教思想的则是镜、剑、印、旗、图的"化"。

明镜能照出影像，这引发一种神秘感，因而道士炼丹和作法都离不开它。葛洪在《抱朴子·内篇》中不仅谈到明镜辟妖怪之术，还谈到修镜道的分身术。《登涉》篇："又万物之老者，其精悉能假托人形，以眩惑人目而常试人，唯不能于镜中易其真形耳。是以古之入山道士，皆以明镜径九寸已上，悬于背后，则老魅不敢近人。或有来试人者，则当顾视镜中，其是仙人及山中好神者，顾镜中故如人形。若是鸟兽邪魅，则其形貌皆见镜中矣。又老魅若来，其去必却行，行可转镜对之，其后而视之，若是老魅者，必无踵也，其有踵者，则山神也。"这就是所谓"照妖镜"了。

后面接着是两个故事："昔张盖蹹及偶高成二人，并精思于蜀云台山石室中，忽有一人着黄练单衣葛巾，往到前曰：'劳乎道士，乃辛苦幽隐！'于是二人顾视镜中，乃是鹿也。因问之曰：'汝是山中老鹿，何敢诈为人形！'言未绝，而来人即成鹿而走去。林虑山下有一亭，其中有鬼，每有宿者，或死或病，常夜有数十人，

神仙意境

《封神演义》插图

千般法术万宗宝

《封神演义》插图

夜色或黄或白或黑，或男或女。后郅伯夷者过之宿，明灯烛而坐诵经，夜半有十余人来，与伯夷对坐，自共樗蒲博戏，伯夷密以镜照之，乃是群犬也。伯夷乃执烛起，佯误以烛烬爇其衣，乃作燋毛气。伯夷怀小刀，因捉一人而刺之，初作人叫，死而成犬，余犬悉走，于是遂绝，乃镜之力也。"《地真》篇则记有镜道分身术："师言守一兼修明镜，其镜道成则能分形为数十人，衣服面貌，皆如一也。"

《封神演义》中有照妖镜。第六十三回马善助商反周，杨戬去终南山找云中子借来"照妖鉴"，"马善至军前。杨戬暗取宝鉴照之，乃是一点灯头儿在里面晃"。杨戬于是查出马善是灵鹫山的琉璃灯作怪，请来灯的主人燃灯道人收伏了马善。第九十二回杨戬收梅山七怪，也是先用照妖镜照出原形，然后变化擒杀。如其中的杨显："杨戬在旗门下用照妖鉴一照，却是一只羊精。""杨戬赶来，杨显在马上吐出一道白光，连马罩住，现原身来伤杨戬。杨戬化一只白额斑斓猛虎。杨显见杨戬变了一只猛虎，已克治了他，急欲逃走，早被杨戬一刀，砍成两段。"

不过照妖镜的法力也有一定的限度，遇到道行高深的精怪则难照分明。第七十回里的孔宣是孔雀变化："只见杨戬在旗门下把照妖鉴照着孔宣，看镜子里面似一块五彩装成的玛瑙，滚前滚后。杨戬暗思：'这是个什么东西？'孔宣看见杨戬照他，笑曰：'杨戬，你将照妖鉴上前来照，那远远照，恐不明白。大丈夫当明白做事，不可暗地里行藏。我让你照！'杨戬被孔宣说明，便走马至军前，举鉴照孔宣，也是如前一般。杨戬迟疑。"这与《西游记》里照妖镜照不出六耳猕猴的情节类似。

赤精子则有阴阳镜。第五十九回赤精子把宝镜传给徒弟殷洪："徒弟,此镜半边红,半边白;把红的一晃,便是生路,把白的一晃,便是死路。……"殷洪下山后被申公豹说反,去助纣伐周,"殷洪取出阴阳镜,把白光一晃,黄飞虎滚下骑来";"殷洪明明卖弄他的道术,把镜子取出来,用红的半边一晃。黄家父子睁开二目,见身上已被绳索捆住"。这是从镜能照人影像引申出镜能摄人魂魄,大约是从葛洪所谓镜道分形术发展变化来的艺术想象。

剑作为道教法物比镜更有威力,也更普遍,因为剑本身就是一种武器,自然更能斩妖除怪。宝剑的传说史不绝书,源远流长。最有名的是《晋书·张华传》中的故事:吴国未亡时,有紫气出现于斗、牛二星之间。善观天象的雷焕告诉张华:这是宝物的精气,宝物必隐于斗、牛之下的丰城。张华于是任雷焕为丰城令。雷焕在县狱内掘屋脊数丈,找到了龙泉、太阿两口宝剑。这天傍晚,斗、牛间的紫气立即消失。这两口宝剑雷焕、张华各得一把,后来又都失落。相传张华剑先失,雷焕之子雷华带剑路过延平津,剑从腰间跃入水中,只见水中有两条龙飞腾潜跃而去。

《封神演义》里大多数神仙都用剑作武器。破十绝阵时,文殊广法天尊、惧留孙、慈航道人、广成子、太乙真人、陆压、赤精子、清虚道德真君等仙人全部是"执剑相迎""用剑相还"。第五回《云中子进剑除妖》这样描写:

> 云中子拨云看时,点首嗟叹:"此畜不过是千年狐狸,今

假托人形,潜匿朝歌皇宫之内,若不早除,必为大患。我出家人慈悲为本,方便为门……"忙唤金霞童子:"你与我将老枯松枝取一段来,待我削一木剑,去除妖邪。"童儿问曰:"何不即用宝剑,斩断妖邪,永绝祸根?"云中子笑曰:"千年老狐,岂足当吾宝剑!只此足矣。"

云中子将木剑献给纣王,挂在分宫楼,镇压得狐狸精妲己"面似黄金,唇如白纸,昏昏惨惨,气息微茫,恹恹若绝"。真正的宝剑,《封神演义》还有好几处写过。第三十二回黄天化救父:

> 天化忙将背上宝剑,执在手中,照陈桐只一指。只见剑尖上一道星光,有盏口大小,飞至陈桐面上,陈桐首级已落于马下。有诗单道宝剑好处:
>
> 非铜非铁亦非金,乃是乾元百炼精。
> 变化无形真妙用,要知能杀亦能生。
>
> 话说天化此剑,乃清虚道德真君镇山之宝,名曰"莫邪宝剑"。光华闪出,人头即落。

第四十回魔家四将中的魔礼青,"有秘授宝剑,名曰青云剑,上有符印,中分四字:地、水、火、风,这风乃黑风,风内有万千戈矛。若人逢着此风,四肢成为齑粉;若论火中,金蛇搅绕,遍地一块黑烟,烟掩人目,烈焰烧人,并无遮挡"。普贤真人的徒弟木吒则有吴钩剑。第三十九回:

话说木吒大战李兴霸,木吒背上宝剑两口,名曰吴钩。——此剑乃"干将"、"镆铘"之流,分有雌雄。——木吒把左肩一摇,那雄剑起去,横在空中,磨了一磨,李兴霸可怜:

　　千年修炼全无用,血染衣襟在九宫。

威力最大的则是通天教主摆设诛仙阵的四口宝剑:

通天教主曰:"此剑有四名:一曰'诛仙剑',二曰'戮仙剑',三曰'陷仙剑',四曰'绝仙剑'。此剑倒悬门上,发雷震动,剑光一晃,任从他是万劫神仙,难逃此难。"昔曾有赞,赞此宝剑:

　　非铜非铁亦非钢,曾在须弥山下藏。
　　不用阴阳颠倒炼,岂无水火淬锋芒?
"诛仙"利害"戮仙"亡,"陷仙"到处起红光。
"绝仙"变化无穷妙,大罗神仙血染裳。(第七十三回)

话说元始在九龙沉香辇上,扶住飞来椅,徐徐行至正东震地,乃诛仙门。门上挂一口宝剑,名曰诛仙剑。元始把辇一拍,命四揭谛神摄起辇来,四脚生有四枝莲花;花瓣上生光,光上又生花。一时有万朵金莲照在空中。元始坐在当中,径进诛仙阵门来。通天教主发一声掌心雷,震动那口宝剑一晃,好生利害!虽是元始,顶上还飘飘落下一朵莲花来。(第七十七回)

印、旗、图本来都是权威、根本的象征。古代官有官印，将有将印，帅有帅印，皇帝也有"传国玉玺"；军营中有令旗、帅旗，宫廷中有龙旗、凤旗、日月旗等；地图，尤其是军用地图也是非常重要的，荆轲刺秦王时就以献燕国的督亢地图为借口，《三国演义》中也有"张松献地图"。地图是山河社稷的缩影，也意味着权力。同时，古代又有所谓河图洛书，一直笼罩着浓郁的神秘色彩。孔子曾感叹："凤鸟不至，河不出图。"齐桓公九合诸侯，图谋霸业，对周天子不肯臣服，管仲劝道："昔人受命者，龙龟假，河出图，洛出书，地出乘黄，今三祥未见有者，虽曰受命，无乃失诸乎！"也就是说，河不出图，洛不出书，建立新权威的时机还不成熟。

道教因此也借重印、旗、图，赋予它们神奇的力量，以为可以役使鬼神，镇妖除魅。道士做法事装神弄鬼时一般都佩印执旗，以显示权威。《封神演义》中有太极图、山河社稷图，都是至高无上的法宝，前已述及。印则有广成子的番天印，威力也十分巨大。广成子是玉虚宫十二弟子中击金钟的首仙，他把番天印传给徒弟殷郊，让他助周伐纣，殷郊被申公豹说反，广成子自己也治不住番天印，燃灯道人也说"番天印难治"。后来广成子四处奔走，借来玄都离地焰光旗、西方青莲宝色旗、西王母素色云界旗，连同玉虚宫的杏黄旗，仙界通力合作，才降住番天印，犁锄殷郊。印和旗的神奇威力在这个故事里得到充分表现。

印为道教法器也可以征诸典籍："古之人入山者，皆佩黄神越章之印，其广四寸，其字一百二十，以封泥著所住之四方各百步，则虎狼不敢近其内也。行见新虎迹，以印顺印之，虎即去；以印逆印之，虎即还。带此印以行山林，亦不畏虎狼也。"(《抱朴子·内篇·登涉》)"又以木为印，刻星辰日月于其上，吸气执之，以印疾病，多有愈者。"(《隋书·经籍志》)道教坛醮法器中有剑，有印，有图符，也有令旗，道士执旗念咒，常有"急急如律令"之语。

与印相联系的还有符箓。中国古老的象形文字，本来就有艺术价值和神秘意味。后来又有《河图》《洛书》《易经》中的八卦，《洪范》中九畴的出现，更加强了古人的文字崇拜。神仙道士中流行的符图印章，显然与这种文字崇拜有关。《封神演义》中的太极图、山河社稷图、番天印即源于此。此外就是符箓。何谓"符"？《说文解字》："符，信也。汉制以竹，长六寸，分而相合。"《史记·孝文本纪》："初与郡国守相为铜虎符、竹使符。"索隐谓："汉旧仪，铜虎符发兵，长六寸；竹使符出入征发。""符"是帝王下达旨令的凭证，它拥有无上的权威。俞正燮《癸巳存稿》："符：汉时有印文书名，道家袭之。"

早期道教将符图吸取进来，成为道教法术的组成部分，谓天神有符，或为图，或为篆文，在天空以云彩显现出来，方士录之，遂成神符。或者说，天神授给了方士神符。《后汉书·费长房传》：

> 翁……又为作一符，曰：以此主地上鬼神。……遂能医疗众病，鞭笞百鬼，及驱使社公。或在它坐，独自恚怒，人问其故，曰："吾责鬼魅之犯法者耳。"……后失其符，为众鬼所杀。

《太平经》卷一至十七所说后圣李君传授青童大帝的二十四诀中，就有"服开明灵符""佩星象符""佩五神符"。现存道教最早的符字，是《太平经》卷一百零四至零七中所载的"复文"。

《抱朴子·内篇·登涉》论及神符：

> 有老君黄庭中胎四十九真秘符，入山林，以甲寅日丹书白素，夜置案中，向北斗祭之，以酒脯各少少，自说姓名，再拜受取，内衣领中，辟山川百鬼万精虎狼虫毒也。

《云笈七签》卷四十五："术之秘者，唯符与气、药也。"这是说符也是最基本的神秘法术之一。又解释说："符者，三光之灵文，天真之信也。"符即天神仙真之信符，因而具有神威及神意。

与"神符"并称者还有"宝箓"。"箓"就是记录的意思。一般指记录天神的名册。《云笈七签》卷四十五《明正一箓第三》：

> 箓者，太上神真之灵文，九天众圣之秘言，将以检劾三界官属，御运元元，统握群品，鉴鹭罪福，考明功过善恶轻重，纪于简籍……又当诏令天地万灵，随功役使，分别仙品，众官吏兵，亿乘万骑，仙童玉女，列职主事，驱策给侍之数目。

"符"与"箓"总起来说，即依照天神所授信符，按照诸神名册所定之职责，命令某神去执行任务。在《封神演义》中，符箓则成为道行高深的神仙赋予神力的法宝，可以解除危难或克敌制胜。

太师问:"'落魂阵'奇妙如何?"姚天君曰:"吾此阵非同小可,乃闭生门,开死户,中藏天地厉声,结聚而成。内有白纸幡一首,上画符印。若人、仙入内,白幡展动,魂消魄散,顷刻而灭;不论神仙,随入随灭。……"(第四十四回)

公明命将黄龙真人也吊在幡杆上。把黄龙真人泥丸宫上用符印压住元神,轻容易不得脱逃。

杨戬听命。至一更时分,化作飞蚁,飞在黄龙真人耳边,悄悄言曰:"师叔,弟子杨戬奉命,特来放老爷。怎么样阳神便出?"真人曰:"你将我顶上符印去了,我自得脱。"杨戬将符印揭去。(第四十七回)

燃灯用中指在武王前后胸中用符印一道,完毕,请武王穿袍,又将一符印塞在武王蟠龙冠内。

张天君在阵内,每日常把红沙洒在武王身上,如同刀割一般。多亏前后符印护持其体,真命福主,焉能得绝。(第四十九回)

元始命玉鼎真人、道行天尊、广成子、赤精子:"你四人伸手过来。"元始各画了一道符印在手心里,"明日你等见阵内雷响,有火光冲起,齐把他四口宝剑摘去,我自有妙用。"(第七十八回)

且说吕岳进关,同陈庚将二十一把瘟瘟伞安放在阵内,按九宫八卦方位,摆列停当;中立一土台,安置用度符印,打点擒拿周将。(第八十回)

原来是白鹤童子,至殿前见子牙,口称:"师叔,奉老师法牒,送符印将此绳解去。"童儿把符印在绳头上,用手一指,那绳即时落降下来。(第五十四回)

教主看见余元这等光景,教主也觉得难堪,先将一道符印对余元身上,教主用手一弹,只见捆仙绳吊下来。(第七十五回)

上举各例中的"符印"有的是进攻性的,有的是保护性的,有的能化解其他宝贝的威力,"符"的神奇功能被表现得活灵活现。至于"箓",是记录天神的名册,《封神演义》中一个最基本的艺术构思——"封神榜"正是不折不扣的"宝箓"。这本"封神榜"共有三百六十五位神道姓名,乃"三教签押""弥封无影,死后见明"。第九十九回《姜子牙归国封神》特写封神大典,总结全书:

子牙迎接玉符、金敕供于香案上，望玉虚宫谢恩毕。……子牙将符敕亲自赍捧，借土遁往岐山前来。只一阵风早到了封神台。有清福神柏鉴来接子牙。子牙捧符敕进了封神台，将符敕在正中供放，传令武吉、南宫适："立八卦纸幡，镇压方向与干支旗号。"又令二人领三千人马，按五方排列。子牙吩咐停当，方沐浴更衣，拈香金鼎，酌酒献花，绕台三匝。子牙拜毕诰敕，先命清福神柏鉴在台下听候。子牙然后开读玉虚宫元始天尊诰敕：……

子牙宣读敕书毕，将符箓供放案桌之上，乃全装甲胄，左手执杏黄旗，右手执打神鞭，站立中央，大呼曰："柏鉴可将'封神榜'张挂台下。诸神俱当循序而进，不得搀越取咎。"……只见诸神俱簇拥前来观看。

子牙封罢三百六十五位正神已毕，只见众神各去领受执掌。不一时，封神台边凄风尽息，惨雾澄清，红日中天，和风荡漾。

除了符箓，禁咒也是道教的重要法术。禁咒之源，出于古时巫师祭神时的祝词。《尚书·无逸》有"厥口诅祝"，疏云："祝音咒，诅咒为告神明令加殃咎也。"大约最初的咒语，便是要求神明惩罚恶人或向神明发誓时的祝词。另外，人们对自己无法制裁的恶势力和暗中加害于人的鬼蜮行为进行诅咒，也是咒语的起因。"厥口诅祝"一语便可译为"嘴里也就会咒骂你"。而后咒语发展为一种巫术,并经巫觋和方士传入道教。道士在作法时往往符咒并用,符为内外神气相合之感应,咒为精诚所至之心声。

《抱朴子·内篇·登涉》中记载了当时的六甲秘咒:"入山宜知六甲秘祝。祝曰:'临兵斗者,皆列阵前行。'凡九字,常当密祝之,无所不辟。要道不烦,此之谓也。"还说道士在临江渡海时,也可以用符和咒以辟蛟龙,其用咒方法是:"临川先祝曰:'卷蓬卷蓬,河伯导前辟蛟龙,万灾消灭天清明。'"禁咒又称神咒、神祝,是天神的语言。

《太平经》卷五十中说:"天上有常神圣要语,时下授人以言,用使神吏应气而往来也。人民得之,谓之神祝也。"

禁咒在神怪小说中化为离奇的情节,如《西游记》里著名的"紧箍咒"。《封神演义》中也写到禁咒,其中最突出的是第四十四回姚天君咒姜子牙和第四十八回陆压咒赵公明的故事。这两个故事里的禁咒已演变为较为复杂的魅魇之术。第四十四回末有钟惺评语说:"姚天君之魇魅,实为利害。"第四十八回末评语则说:"钉头七箭书原是魅魇之术,但是神仙不免,此所以为奇。"下面分别看这两个故事。

姚天君咒姜子牙和陆压咒赵公明的方法基本相同,都是用草人模拟被咒的对象,诅咒的日期都是二十一天。

>姚天君曰:"不动声色,二十一日自然命绝。子牙纵是脱骨神仙,超凡佛祖,也难逃躲。"……姚天君让过众人,随入"落

魂阵"内,筑一土台,设一香案,台上扎一草人;草人身上写"姜尚"的名字;草人头上点三盏灯,足下点七盏灯,——上三盏名为催魂灯,下七盏名为捉魄灯。姚天君披发仗剑,步罡念咒于台前,发符用印于空中,一日拜三次。连拜了三四日,就把子牙拜的颠三倒四,坐卧不安。(第四十四回)

陆压揭开花篮,取出一幅书,写得明白,上有符印口诀,"……依此而用,可往岐山立一营,营内筑一台,结一草人,人身上书'赵公明'三字,头上点一盏灯,足下一盏灯。脚步罡斗,书符结印焚化,一日三次礼拜,至二十一日之午时,贫道自来助你,公明自然绝也。"子牙领命,前往岐山,……安排停当,扎一草人,依方制度。子牙披发仗剑,脚步罡斗,书符结印,连拜三五日,把赵公明只拜得心如火发,意似油煎,走投无路,帐前走到帐后,抓耳挠腮。(第四十八回)

这种魅魇禁咒之术古已有之,《太公金匮》姜太公射丁侯的传说就是原型(原文见附录《〈封神演义〉的学术考察》)。

禁咒魅魇是要把人的"三魂七魄"咒出肉体,灵肉分离,人就死亡。这种道术源于道教主张精神和肉体二元论的宗教哲学思想。梁代的陶弘景对这种思想表述得十分清楚:"凡质象所结,不过形神。形神合时,则是人是物;形神若离,则是灵是鬼。其非离非合,佛法所摄;亦离亦合,仙道所依。"(《华阳陶隐居集·答朝士访仙佛两法体相书》)道教追求肉体长生,不同于其他宗教只追求灵魂不朽,在前面的章节里已有论述。正如晋代道安《二教论》所说:"佛法以有生为空幻,故忘身以济物;道法以吾我为真实,故服饵以养生。"道教哲学的形神观是:"有者,无之宫也;形者,神之宅也。"(《抱朴子·内篇·至理》)"身得道,神亦得道;身得仙,神亦得仙。"(《云笈七签》卷五十六引《元气论》)

由于肉体和灵魂并重,都要追求不朽,"得道"就格外难。《封神演义》中"成仙"和"封神"的区别正在于此,前已论及。因而,在神通、法术和宝贝的描写中也有相当一部分是基于道教形神并重的思想。"落魂阵"和"钉头七箭书"已经说过,再看其他有关描写。

第三十六回写张桂芳有异术,能"呼名落马",黄飞虎对姜子牙说:"此术异常,但凡与人交兵会战,必先通名报姓。如末将叫黄某;正战之间,他就叫:'黄飞虎不下马,更待何时!'末将自然下马。故有此术,似难对战。"

第七十四回《哼哈二将显神通》,周营的郑伦鼻内哼出白气,商营的陈奇口内哈出黄气,功效一样。"郑伦鼻子里两道白光,出来有声;陈奇口中黄光也自迸出。陈奇跌了个金冠倒躅;郑伦跌了个铠甲离鞍。"

第八十四回卞吉有法宝幽魂白骨幡,"他于关外立有一幡,俱是人骨头穿成,高有数丈,他先自败走,竟从幡下过去;若是赶他的,只至幡下,便身连马倒了"。

这是三处典型的例子,此外如赤精子的阴阳镜、法戒的引魂幡、马忠的神烟等也都依据同样的原理擒将捉人。其中道理就是这些神通或宝贝都能迷住人的魂魄，让人昏迷。不过这里又有一个前提，即各种"迷魂术"只对血肉之躯有效。道行特别高深者如老子、元始天尊等自不在此列。

在姜子牙的"三山五岳门人"中，则只有哪吒不怕。哪吒和别人不同，因为他的第二次生命已不是血肉之躯，而是"莲花化身"。书中每写到哪吒对各种摄魂术毫无反应，就解释说："但凡精血成胎者，有三魂七魄，被桂芳叫一声，魂魄不居一体，散在各方，自然落马；哪吒乃莲花化身，周身俱是莲花，那里有三魂七魄，故此不得叫下轮来。""郑伦对着哪吒一声'哼！'哪吒无魂魄，怎能跌得下轮来。""殷洪战住哪吒，忙取阴阳镜照着哪吒一晃。……不知哪吒乃莲花化身，不系精血之体，怎的晃他死？殷洪连晃数晃，全无应验。""邱引把哪吒当做凡胎肉体，不知他是莲花化身，便大叫曰：'哪吒！看吾之宝！'哪吒抬头看见，大笑曰：'无知匹夫！此不过是个红珠儿，你叫我看他怎么！'邱引大惊……"

不过说哪吒"原无魂魄"是有语病的，因为第十四回《哪吒现莲花化身》里写哪吒明明是有魂魄的，太乙真人"绰住哪吒魂魄，望荷、莲里一推"，哪吒才现出莲花化身。准确地说，应该是哪吒不再有血肉之躯，因而魂魄不再受到迷惑。这反映出道教对"肉体"修炼超凡脱俗很不容易的思想，但"形"还是要的，"莲花化身"也还是"身"，哪吒最后还是"肉身成圣"，与肉体死灭只剩下魂魄而被封的"神"不同，要高一个层次。由于不是血肉之躯，哪吒不仅不怕各种摄魂术，对"细菌战"也有了免疫能力。无论是吕岳的瘟丹还是余德的毒豆,都不能传染伤害他。

除了哪吒,杨戬也不受传染,因为他有"八九玄功",善能变化,那是更了不起的本事。但杨戬怕不怕迷魂术呢?书中没有安排杨戬经受迷魂术的考验,这可能是为了突出哪吒,避免重复。杨戬、哪吒的师父辈即元始天尊的十二个弟子怕不怕迷魂术?书中没有写。他们是血肉之躯,但已修行了一千五百年,是"大罗神仙",应该是不怕的。但殷洪拿出阴阳镜,赤精子就逃遁了。难道赤精子反不如哪吒?这里又有一个解释,与殷洪对阵时的赤精子刚遭了黄河阵之厄,"闭了天门",还未返本还原,因而本事不济了。

甚至最高层次的神仙佛祖也运用摄魂、迷魂一类法术一比本领高下。万仙阵的撒手锏是通天教主拜一恶幡,名曰"六魂幡"。"此幡有六尾,尾上书接引道人、准提道人、老子、元始、武王、姜尚六人姓名,早晚用符印,俟拜完之日,将此幡摇动,要坏六位性命。"这是《封神演义》中顶尖儿的摄魂术。后来执掌六魂幡的长耳定光仙倒戈叛逃,皈依西方教,老子让他展动六魂幡,四位教主俱以内丹之功抗衡克制。

据《抱朴子·内篇·遐览》所载,道书中讲变化之术的,大者有《墨子五行记》,其次是《玉女隐微》和《白虎七变法》。《墨子五行记》:"其法用药用符,乃能令人飞行上下,隐沦无方,含笑即为妇人,蹙面即为老翁,踞地即为小儿,执杖即成林木,种物即生瓜果可食,画地为河,撮壤成山,坐致行厨,兴云起火,无所不作也。"而《玉女隐微》:"亦化形为飞禽走兽,及金木玉石,兴云致雨方百里,雪亦如之,渡大水不用舟梁,分形为千人,因风高飞,出入无间,能吐气七色,坐见八极,及地下之物,放光万丈,冥室自明,亦大术也。"《白虎七变法》与以上二书略同。《封神演义》对变化之术十分推崇,共写到三种不同的变化。

一种是身体变形以增加威力。这种变化大抵是借助仙酒仙丹之类,正是《墨子五行记》所谓"其法用药用符"。如第二十一回雷震子吃了云中子的仙杏,长出了风雷翅,从此以"空中优势"所向无敌。第六十三回殷郊下山之前,广成子安排他吃了"六七枚豆儿","一会儿忽长出三头六臂"。第七十六回太乙真人给哪吒送行,赠他三杯酒和三枚枣,哪吒吃后,长出三头八臂,"太乙真人传哪吒隐现之法,哪吒大喜,一手执乾坤圈,一手执混天绫,一手执金砖,两只手擎两根火尖枪,还空三手。真人又将九龙神火罩,又取阴阳剑,共成八件兵器。"所谓:

> 琼浆三盏透三关,火枣频添壮士颜。
> 八臂已成神妙术,三头莫作等闲看。
> 须臾变化超凡圣,顷刻风雷任往还。
> 不是西岐多异士,只因天意恶奸谗。

截教神仙也有类似变化,如第五十八回描写:

> 吕岳见周将有增,随将身手摇动,三百六十骨节,霎时现出三头六臂,一只手执形天印,一只手擎住瘟疫钟,一只手持定形瘟幡,一只手执住指瘟剑,双手使剑,现出青脸獠牙。

这些变化是想象头、手这类身体的器官增加数量，因而产生更大的威力。但这还只是局部变化之术，更奇妙的变化是"八九玄功"，《封神演义》中只有玉鼎真人的徒弟杨戬得此奇术，因而成为"三山五岳门人"之中最厉害的角色。姜子牙遇到的许多难以克制的顽敌都败在杨戬手下。杨戬凭变化之功屡建奇勋。

第四十回和第四十一回，杨戬故意被魔礼寿的花狐貂吃掉，"一声响，也把杨戬咬了半节去"，结果弄死花狐貂，李代桃僵变作假花狐貂潜伏下来，偷走了混元珍珠伞，又咬伤了魔礼寿，协助黄天化剪除魔家四将。

第四十七回杨戬变作飞蚁救出黄龙真人。第四十八回陈九公、姚少司抢走了陆压的钉头七箭书，杨戬施变化之术，变出成汤老营，自己变作闻太师，骗回了箭书。

第五十四回："土行孙祭捆仙绳来拿杨戬，只见光华灿烂，杨戬已被拿了。土行孙命士卒抬着杨戬，才到辕门，一声响，抬塌了，吊在地下，及至看时，乃是一块石头。"后面杨戬又变作武王，智擒土行孙。

第五十八回西岐兵将被吕岳瘟丹瘟倒，没有战斗力。"杨戬连忙把土与草拿了两把，望空中一洒，喝声'疾！'西岐城上尽是彪躯大汉，往来耀武。郑伦抬头看时，见城上人马反比前不相同，故此不敢攻城。"

第七十五回余化用化血神刀连伤哪吒、雷震子，"杨戬运动八九元功，将元神遁出，以左臂迎来，伤了一刀，大叫一声，败回行营，看不出是什么毒物"。杨戬对玉鼎真人说："弟子也被他伤了一刀，幸赖师父玄功，不曾重伤。"玉鼎真人说："此乃是化血刀所伤，但此刀伤了，见血即死。幸雷震子伤的两枚仙杏，你又有玄功，故尔如此。不然，皆不可活。"杨戬又变作余化，找余元骗来救解丹药。

第八十六回杨戬施变化之术，先后让张奎误杀了自己的宝马和母亲。

第九十二回杨戬又以变化之术挫败梅山七怪。

《封神演义》对杨戬的变化之术可谓极尽渲染之能事。"杨戬曾炼过九转元功，七十二变化，无穷妙道，肉身成圣，封清源妙道真君。"（第四十回）由于有"八九玄功"，不仅一般的兵器、法宝无法伤害他，他还常常腾挪变化，出奇制胜。

但还有更高层次的变化之术。这是道行更高深的仙人凭内丹、元气而变出"化身"。第八十三回文殊广法天尊、普贤真人、慈航道人破太极、两仪和四象三阵时，都有"化身"。如：

> 灵牙仙祭动两仪妙用，逞截教玄功，发动雷声，来困普贤真人。只见普贤真人泥丸宫现出化身，甚是凶恶。怎见得，有赞为证：
>
> > 面如紫枣，巨口獠牙。霎时间红云笼顶上，一会家瑞彩罩金身。璎珞垂珠挂遍体，莲花托足起祥云。三首六臂持利器，手内降魔杵一根。正是：有福西方成正果，真人今日已完成。
>
> 话说普贤真人现出法身，镇住灵牙仙，仍用长虹索，命黄巾力士："将灵牙仙拿去芦篷下，听候指挥。"

第七十七回《老子一气化三清》也是元气变化出三位化身上清道人、玉清道人和太清道人:

> 老子自思:"他只知仗他道术,不知守己修身,我也显一显玄都紫府手段与他的门人看看!"把青牛一撺,跳出圈子来;把鱼尾冠一推,只见顶上三道气出,化为三清。

西方教(佛教前身)的仙人也有化身,第七十一回准提道人收伏孔宣:

> 只见孔宣撒去了准提道人,只是睁着眼,张着嘴,须臾间,顶上盔,身上袍甲,纷纷粉碎,连马压在地下,只听得孔宣五色光里一声雷响,现出一尊圣像来,十八只手,二十四首,执定璎珞伞盖,花罐鱼肠,加持神杵、宝锉、金铃、金弓、银戟、幡旗等件。

任继愈主编的《中国道教史》第十一章谈到道教金丹思想向内丹说转化是道教发展演变的一大关捩之处。书中说,葛洪以还丹、金液为仙道之极,乃是道教求神仙的主要方术。但历代服金丹者多致死,虽然能以"尸解"来解释,但毕竟要使人对它产生怀疑,因而也会有人开始探索新的长生得仙的方法。道教本有服气吐纳、辟谷炼气一类的方术,便从这里演变出内丹之说来。

道教内丹修炼的兴起,以至过渡到完全取代外丹,这一演变过程发生在五代宋初。唐代以前道士以外丹为仙道之极,至北宋张伯端《悟真篇》出现以后,道教修仙理论开始专主内丹,斥外丹黄白为旁门邪术。至南宋初曾慥《道枢》中所记,则对道教以往神仙方术几乎全部加以否定。这当中还有一个主张内外丹兼修理论的过渡阶段。内外丹兼修理论,《龙川略志》述之最详,卷一《养生金丹诀》:

> 养生有内外。精气,内也,非金石所能坚凝;四支、百骸,外也,非精气所能变化。欲事内,必调养精气,极而后内丹成,内丹成,则不能死矣。然隐居人间久,之或托尸假而去,求变化轻举,不可得也。盖四大本外物和合而成,非精气所能易也。惟外丹成,然后可以点瓦砾,化皮骨,飞行无碍矣。然内丹未成,内无以受之,则服外内丹者多死,譬积枯草弊絮而置火其下,无不焚者。

宋代以后越来越重视内丹,如全真教就只重内丹而不修外丹。不过内外丹兼修的说法也并未完全绝迹,只是外丹已退居第二位,不再是"仙道之极"了。

前面论述"神仙情结"时说过,我们认为道家—道教的根本思想源于性的崇拜,炼内丹是在自身体内模拟男女交媾以结"圣胎"。因此,内丹修炼的兴起虽发生在五代宋初,其思想渊源却是很早的,可能还在外丹之前。东汉魏伯阳所著《周易参同契》被称为"万古丹经王",有的研究者认为就是讲内丹,当然也有人认为是讲外丹。不管内丹还是外丹,其"原理"都是以阴阳变化为基础,从性崇拜受到启发。其《中篇》有云:"乾刚坤柔,配合相包,阳禀阴受,雄雌相须。""雄不独处,雌不孤居,元武龟蛇,盘虬相扶,以明牝牡,竟当相须。"可以得出结论,外丹与内丹均受到男女交媾而生婴儿这一自然现象启示,只是外丹的"鼎炉"是有形的,内丹的"鼎炉"则在体内,其目的都是"丹",即新生的"婴儿",丹成就获得永恒的生命。

《封神演义》中外丹内丹都有,倾向性则是内丹高于外丹。这正与北宋以后道教方术演变的实际相符。

所谓外丹,《封神演义》中有两种表现形式,一种是"金丹"或"丹药",可以疗伤治疾或起死回生,另一种是各种宝贝,二者都是在"炼丹炉"中实实在在烧炼出来的。无论阐教还是截教,仙人们都随身带有葫芦丹药以备需要,这种描写在书中俯拾即是:

　　风林把臂膊被哪吒打伤之事说了一遍。王魔曰:"与吾看一看。……呀!原来是乾坤圈打的。"葫芦中取一粒丹,口嚼碎了搽上,即时全愈。桂芳也来求丹。王魔一样治度。(第三十八回)

　　白云童子将黄天化背回,至紫阳洞门前放下。……真君命童子取水来,将丹药化开,用剑撬开口,将药灌入,随入中黄。不一个时辰,黄天化已是回生,二目睁开,见师父在旁……(第四十一回)

左右把郑伦扶将出来。吕道人一看,……豹皮囊中取出一个葫芦,倒出一粒丹药,用水研开,敷于上面,如甘露沁心一般,即时全愈。(第五十七回)

羽翼仙忙将花篮中取出丹药,用水吞下一二粒,即时全愈。(第六十二回)

真人曰:"此毒连我也不能解。此刀乃蓬莱岛一气仙余元之物。当其修炼时,此刀在炉中,有三粒神丹同炼的。要解此毒,非此丹药,不能得济。"(第七十五回)

金丹能治伤,能救命。姜子牙七死三灾,每次死去都被仙人用金丹救活。甚至哪吒莲花化身时,太乙真人也是"将花勒下瓣儿,铺成三才,又将荷叶梗儿折成三百骨节,三个荷叶,按上、中、下,按天、地、人。真人将一粒金丹放于居中……"杨任被纣王剜去二目,"杨任的尸首被力士摄上紫阳洞,回真君法旨。道德真君出洞来,命白云童儿,葫芦中取二粒仙丹,将杨任眼眶里放二粒仙丹。真人用仙天真气吹在杨任面上,喝声:'杨任不起,更待何时!'真是仙家妙术,起死回生。只见杨任眼眶里长出两只手来;手心里生两只眼睛——此眼上看天庭,下观地穴,中识人间万事"。这些"金丹""仙丹""丹药"自然都是八卦炉中炼出的外丹。

除了金丹,许多宝贝也是炉火中炼出来的。前引余元的化血神刀就是一例。第四十七回云霄不肯借金蛟剪给赵公明,菡芝仙劝她说:"连我八卦炉中炼的一物,也要协助闻兄去,怎的你倒不肯!"不过,炉中炼出的宝贝似乎不如自然生成的好。那些威力特别巨大的宝贝大都是自然中来,而非人力炼出。

如第四十七回燃灯道人说定海珠:"此宝名'定海珠',自元始已来,此珠曾出现光辉,照耀玄都;后来杳然无闻,不知落于何人之手。"第四十八回写金蛟剪:"此剪乃是两条蛟龙,采天地灵气,受日月精华,起在空中,往来上下,祥云护体,头交头如剪,尾交尾如股,不怕你得道神仙,一闸两段。"第七十八回准提道人来会破诛仙阵,问老子说:"这阵内有四口宝剑,俱是先天妙物,不知当初如何落在截教门下?"

"先天妙物"当不是炉中炼出,可能也是"日月精华""天地灵气"的产物。这些艺术构思已经透露出人工不如自然的思想,发展下去就是外丹不如内丹。因为内丹是以人体这一自然生成物为鼎炉,炼精、气、神而成内丹,结圣胎,与外丹的人工造作丹药完全不同。

道教哲学的人体观是把人体看成由形、气、神三个层次组成的三重结构,还精补脑,炼精化气,炼气化神,炼神还虚。炼精、气、神的内功模拟自然的性交生殖。外丹虽然也讲这些话头,毕竟是用身外之物炼有形之丹,当然比不上内丹更得自然之妙。崇尚自然正是道家—道教的根本思想。

《封神演义》中截教之所以不如阐教,除了对"天数"的顺逆之外,似乎就是在修炼方法上有差距。截教更偏重外丹,阐教则更倾向内丹。截教门人多把精力放在修炼各种法宝和阵图上面——都是外丹的范围。第四十三回菡芝仙对闻太师说:"金鳌岛众道友为你往白鹿岛去练阵图。前日申公豹来请俺们往西岐助你。我如今在八卦炉中炼一物，功尚未成，若是完了，随即就至。"吕岳第一次战败后又回山去炼瘟瘟阵，第八十一回姜子牙看阵，说出阵名后，书中有两句赞语调侃吕岳："炉中玄妙全无用，一片雄心付水流。"可见练阵也主要来自"炉中玄妙"。

阐教众仙则不同，他们是内外兼修，而以内丹为根本。元始天尊门下十二弟子也各有"镇洞之宝"，但从不练阵图，而他们的看家本事则是"把天门开了，现出庆云保护其身""开口有金莲，随手有白光"，这正是内丹。阐教与截教四次大对抗十绝阵、黄河阵、诛仙阵、万仙阵，可以说是内丹与外丹的较量。这可能反映了《封神演义》的某种写作时代背景，即信修内丹的全真教与信修外丹的"左道"互相攻击、斗争。

第四十四回十天君向闻太师讲述十绝阵的奥妙，什么寒冰、黑沙、风吼、红水等，皆是八卦炉中炼出的外丹。

"地烈"炼就分浊厚，上雷下火太无情。
就是五行乾健体，难逃骨化与形倾。（地烈阵）

燧人方有空中火，炼养丹砂炉内藏。
坐守离宫为首领，红幡招动化空亡。（烈焰阵）

炉内阴阳真奥妙，炼成壬癸里边藏。
饶君就是金钢体，遇水粘身顷刻亡。（红水阵）

红砂一撮道无穷，八卦炉中玄妙功。

万象包罗为一处，方知截教有鸿蒙。（红砂阵）

阐教仙人破阵，则主要凭内丹之功，外丹只是辅助手段。

且说秦完将三首幡，如前施展，只见文殊广法天尊顶上有庆云升起，五色毫光内有缨络垂珠挂将下来，手托七宝金莲，现了化身。……话说秦天君把幡摇了数十摇，也摇不动广法天尊。

袁天君上了板台，将黑幡招动，上有冰山一座打将下来。普贤真人用指上放一道白光如线，长出一朵庆云，高有数丈；上有八角，角上乃金灯；缨络垂珠，护持顶上，其冰见金灯自然消化，毫不能伤。

太乙真人听脑后金钟催响，至阵门，将手往下一指，地现两朵青莲。真人脚踏二花，腾腾而入。真人用左手一指，指上放出一道白光，高有一二丈；顶上现一朵庆云，旋在空中，护于顶上。孙天君在台上抓一把黑沙打将下来。其沙方至顶云，如雪见烈焰一般，自灭无迹。孙天君大怒，将一斗黑沙往下一泼。其沙飞扬而去，自灭自消。

这些玄妙的描写并非全属荒唐无稽，而有道家养气、道教内丹修炼实践的依据。"顶上庆云升起"是"开天门"的表现，"垂手有白光"是打通经络后产生的特异功能。气功、内丹练到一定程度后，都有开顶现象，"开天门"就是开顶，天门是头顶部的百会穴。开顶意味着全身经络已被打通，生物潜能被激发了出来，可以产生各种特异功能。练气功、内丹者说，功夫深的人头顶或身体周围有一圈不练功的人看不见的光环，是练功激发出来的生物电。内丹是升堂入室境界的气功。

《封神演义》写到神仙道行时满是气功术语，表明作者是个练功的行家。所谓"三花聚顶""五气朝元""龙交虎成"，不一而足。如"三花聚顶"即指练内丹已到神、气、精合而为一的上流境界。《摄生纂录·金丹问答》："三花聚顶，神、气、精混而为一也。玄关一窍，乃神气精之穴也。""五气朝元"则指已炼到体内五脏之气上朝天元。《性命圭旨》中有五气朝元图，旁有解说："身不动，则精固而水朝元；心不动，则气固而火朝元；真性寂，则魂藏而木朝元；妄情忘，则魄伏而金藏元；四大安和，则意定而土朝元。此谓五气朝元，皆聚于顶也。"

"龙虎交成"则指心肾相交，也指练功中体内阴阳和合而产内丹。《钟吕传道记》："肾气投心气，气极生液，液中正阳之气，配合真一之水，名曰龙虎交媾。"《性命圭旨》："原夫龙之情性常在于戊，虎之情性常在于己。只缘彼此各有土气，二土合并而成刀圭，是以坎离交而地天泰，龙虎交而戊己合也。戊己合为一体，则四象会合而产大药也。《易》曰：天地氤氲，万物化醇，男女媾精，万物化生。天地以阴阳交媾而生物，丹法以阴阳交媾而生药。"

《封神演义》中阐教仙人内丹造诣深，所以出现庆云、金莲等奇异现象。内丹功夫越深,这种异象就越突出。老子、元始天尊和西方两位教主则已达到登峰造极之境。破诛仙阵、万仙阵时主要就是靠四位教主这种非凡的造诣:

> 且说元始先进震方,坐四不相径进诛仙门。八卦台上通天教主手发雷声,震动诛仙宝剑。那剑晃动,元始顶上庆云迎住,有千朵金花,璎珞垂珠,络绎不绝。那剑如何下得来。元始进了诛仙门,立于诛仙阙。只见西方教主进离宫,乃是戮仙门。通天教主也发雷声震那宝剑。接引道人顶上现三颗舍利子,射住了戮仙剑。那剑如钉钉一般,如何下来得。西方教主进了戮仙门,至戮仙阙立住。老子进西方陷仙门。通天教主又发雷震那陷仙剑。只见老子顶上现出玲珑宝塔,万道光华,射住陷仙剑。老子进了陷仙门,也在陷仙阙立住。准提道人进绝仙门,只见通天教主发一声雷,震动绝仙剑。准提道人手执七宝妙树,上边放千朵青莲,射住了绝仙剑,也进了绝仙门来,到了绝仙阙。(第七十八回)

> 定光仙依命,将幡连展数展。只见四位教主顶上各现奇珍:元始现庆云,老子现塔,西方二位教主现舍利子,保护其身。定光仙见了,弃幡倒身下拜,言曰:"似此吾师妄动嗔念,陷无限生灵也!"(第八十四回)

内丹之功所呈现的异象,因功夫深浅而有差别。第四十五回有:"闻太师乃在大营中设席,款待十天君,大吹大擂饮酒。饮至三更,出中军帐,猛见周家芦篷里众道人顶上出现庆云瑞彩,或金灯贝叶,璎珞垂珠,似檐前滴水,涓涓不断。十天君惊曰:'昆仑山诸人到了!'众皆骇异,各归本阵,自去留心。"这是燃灯道人、广成子等玉虚门人显现内丹之功。第五十回则描写:"元始默言静坐。燃灯子牙侍于左右。至子时分,天尊顶上现庆云,有一亩田大,上放五色毫光,金灯万盏,点点落下,如檐前滴水不断。""二位天尊默坐不言。且说三位娘娘在阵,又见老子顶上现一座玲珑塔于空中,毫光五色,隐现于上。"

这些描写很有分寸。特写元始天尊的庆云和老子的宝塔规模辉煌,正为表现其功夫深厚。而这些"庆云""宝塔""金灯贝叶"等除了应战需要时显现外,平时"静坐""默坐不言"时也自然显现,尤其突出了"三更""子时"等夜深人静之时,这显然是根据练气功"入静""调心"而进入"气功态"的练功实践想象出来的。

由于内丹功夫有深浅之别,所以燃灯道人等玉虚门人就对付不了黄河阵、诛仙阵和万仙阵,要元始天尊和老子亲自出马才行。黄河阵是最有意思的。它是通天教主的弟子云霄姐妹三人所设,却困住了元始天尊的所有徒弟。单就这一阵说,截教门人显然高于阐教门人。黄河阵是专门化解内丹功夫的。云霄说:"此阵内按三才,包藏天地之妙;中有惑仙丹,闭仙诀,能失仙之神,消仙之魄,陷仙之形,损仙之气,丧神仙之原本,损神仙之肢体。神仙入此而成凡,凡人入此而即绝。九曲曲中无直,曲尽造化之奇,抉尽神仙之秘。任他三教圣人,遭此亦难逃脱。"

神仙意境

玉虚宫十二弟子被拿入阵去，"即时把顶上泥丸宫闭塞了"，"削了顶上三花，消了胸中五气"，"可怜千年功行，坐中辛苦"，"已成俗体，即是凡夫"，"可惜了一场功夫虚用了"。后来被救出阵，三除五遁、腾云驾雾全不会了，还得元始天尊特赐纵地金光法，还了镇洞之宝，才能往来协助姜子牙。这种失去的内丹功夫直要等到破了万仙阵才返本还原。据说练气功的人可以彼此"偷气"，把对方的功夫"偷"过来为己所用，功夫也可以被散掉而消失，与所谓发放外气给人治病的道理一样。黄河阵的描写显然是循此而生发的艺术创造。

十绝阵、黄河阵、诛仙阵、万仙阵是阐教与截教的四次大较量，也是内丹与外丹的大较量。结果是修内丹为主的阐教大获全胜。截教中除了对通天教主也曾写到"修成五气朝元，三花聚顶""至子时，五气冲空"，表现了内丹修养之外，下面的门人弟子则没有一个显示有内丹神通，全是阵图、法宝等外丹本事。即使是通天教主，也对老子"一气化三清"的内丹妙术"竟不能识"，可见其内丹修为稍逊一筹。

而那位"心向正道"的截教叛徒长耳定光仙正是被阐教的内丹本事所折服。"且说截教门人见三位来的道人（即"三清"——引者）身上霞光万道，瑞彩千条，光辉灿烂，映目射眼，内有长耳定光仙暗思：'好一个阐教，来得毕竟正气！'深自羡慕。"（第七十七回）"定光仙因见接引道人白莲裹体，舍利现光，又见十二代弟子，玄都门人俱有璎珞、金灯，光华罩体，知道他们出身清正，截教毕竟差讹。"（第八十四回）

内丹比外丹要"正气""清正",这种"倾向性"是十分明确的。内丹里也有派别,阐教是"庆云""宝塔",西方教是"舍利",它们虽然门户不同,威力却不相上下。这是"三教同源"思想的艺术展示,下一章再详细讨论这个问题。

内丹是中华"太极文化"的宁馨儿。太极两仪生四象,四象又生八卦。《封神演义》中神仙们在八卦台作法,穿"八卦紫绶仙衣"保护自己,同时也用卦爻卜算吉凶。周文王"善演先天神数",第十一回被囚羑里,"把伏羲八卦,反复推明,变成六十四卦,中分三百八十四爻象","七载艰难羑里城,卦爻一一变分明。玄机参透先天秘,万古留传大圣名"。这是有历史根据的。《易·系辞下传》:"古者包牺氏之王天下也,仰则观象于天,俯则观法于地,观鸟兽之文,与地之宜,近取诸身,远取诸物,于是始作八卦,以通神明之德,以类万物之情。"包牺氏就是伏羲,传说中的上古圣王。

据说伏羲画八卦的地方在今河南省淮阳县。《太平御览》引《王子年拾遗记》称:"伏羲坐于方坛之上,听八风之气,乃画八卦。"淮阳县内有画卦亭和太昊陵(伏羲陵),相传伏羲画八卦时受到亭前池水中白色龟背部图案的启示。《封神演义》中伏羲与轩辕、神农一起住在火云洞中,是至高无上的上古圣神。司马迁《报任少卿书》:"文王拘而演《周易》。"《史记·周本纪》中说:"文王……其囚羑里,盖益《易》之八卦为六十四卦。"八卦是中华文化的一个源头,为道教所吸收。

由周易、八卦衍化出种种占卜命相之术,这在《封神演义》中也有反映。第十六回描写姜子牙"善能风水,又识阴阳""命理最精",开设命馆而火烧琵琶精。后来又为武吉"厌星",使文王的先天神数失灵。当了丞相、元帅以后,遇到紧急情况,也卜卦。如第六十二回:

> 忽一阵风把檐瓦刮下数片来。子牙忙焚香炉中,取金钱在手,占卜吉凶,只见排下卦来,把子牙吓得魂不附体;忙沐浴更衣,望昆仑下拜。拜罢,子牙披发仗剑,移北海之水,救护西岐,把城郭罩住。

殷商方面的人也能卜卦:

> 二阵主见公明颠倒,谓太师曰:"闻兄,据我等观赵道兄光景,不象好事,想有人暗算他的,取金钱一卜,便知何故。"闻太师曰:"此言有理。"便忙排香案,亲自拈香,搜求八卦。(第四十八回)

> 风过一阵,把府前宝纛旗一折两断。夫妻大惊曰:"此不祥之兆也。"高兰英随排香案,忙取金钱,排卜一卦,已解其意。(第八十七回)

周易太极八卦文化蕴含着中华祖先的智慧、东方的神秘,可能现有的科学知识暂时还不能完全揭示其结构机制。粗略地观照,这种文化对立统一的变易理念体现了中国初民哲学思考的特殊性格。从仰韶马家窑回形涡纹彩陶，早商青铜上的连珠及云涡纹装饰，西周彝器上的环带、云雷等图案，已经透露出对立统一的有机联系。中华初民的这种哲学思维是动态的、具体的生命历程的思考，与其他文化那种滞泥于散殊个体的并列平铺的思维方式不同，也非三段论法和一般性的归纳演绎所能适用。

西方学者早已发现，三四千年前的中华之卦象中反映出了现代化学中的化合价理论。这种超前性来自先哲总结的卦象抓住了本质，而分子式、化学键同样是本质性的，本质与本质虽然隔着时空的长河，但必然要显示其共同的真理性质。易学中水、火的卦象与化学中水、火的价键结构正好相反，这来源于东西方不同的思维品格。西方注重实际状态，水与火的具体性质是关注的重点，因此系统论到20世纪后半叶才真正发展起来。中国则从根本上就讲万物一体，易学的对象就是万物之大系统。它所重视的

马家窑彩陶旋涡纹双耳罐

西周叔牝方彝

不仅仅是其中子系统的实际状态,而是更加注意子系统在大系统中的相对稳定条件。所以,卦象反映的是水、火要保持一种什么状态才能存在。易学背后有一种今天尚不能完全知晓的宇宙规律。

因此有的研究者认为,规律既体现在万物之中,也体现在万物的一体运转中,这种规律,《周易》称之为"神道";老子将人称为"神器",也是认识到"神道"贯穿于人的一生,人的活动能反映出"神道";《黄帝内经》的作者进一步认识到人的活动是生命活动,而生命活动的初始就是循着神所规定的轨道。换成今天的术语,可以说就是规律所确定的遗传密码主宰着生命的过程。道教所说的"元神",其实承接着先秦的文化传统,其内涵是人能认识规律的那种潜能。

《封神演义》中写到的八卦、元神、天数等因此可以得到另一种角度和层面的理解。在《封神演义》中,道行较深的仙人就不再用金钱卜卦,而是"心血来潮,掐指一算",这是从卦爻进入了内丹,层次和境界更高了。

> 且言乾元山金光洞有太乙真人,闲坐碧游床,正运元神,忽心血来潮。——看官:但凡神仙,烦恼、嗔怒、爱欲三事永忘,其心如石,再不动摇。心血来潮者,心中忽动耳。真人袖里一掐,早知此事:"呀!黄家父子有厄,贫道理当救之。"(第三十四回)

> 且说燃灯与众门人静坐,各运元神。陆压忽然心血来潮,道人不语,掐指一算,早解其意。(第四十八回)

在气功、内丹修习中,静坐调息调身调心,气沉丹田,打通经络,人的身心与大自然冥然相合,所谓天人合一。"运元神"即指这种修习。而人手的五个指头有六条经络分布,手指端有经络的"井穴",五个指头的指腹又分属于五脏六腑。手指的气血流行比较畅通,感觉比较敏锐,现代科学证明手指的生物电变化受意识的影响最明显,经络敏感实验证明在人静状态下压迫经络的井穴,可使经络非敏感人变为敏感人。"心血来潮,掐指一算"的艺术描写是根据练功实践而来的。

宇宙浩渺无穷,地球只是沧海一粟,而人类不过是地球上有三四千年文明的一种生物。面对宇宙不可穷尽的神奇奥妙,人类要勇于探索,但也应该谦虚。人类不是无所不知,而是所知十分有限。人类由于自己的骄傲愚蠢,在创造发明的同时也给自然和人类造成了许多问题,甚至灾难。西方的自然科学技术和工业、后工业文明是一柄双刃剑,有其危险的一面。《从混沌到有序》[1]中说:

> 我们正处在这样一个时刻,关于自然的科学概念发生着深刻的变化,与此同时,由于人口的爆炸,人类社会的结构也发生着深刻的变化。于是,人和自然之间以及人和人之间都需要有一种新关系。

> 我们生活在一个危险和不确定的世界中,它不唤起任何盲目的信念,也许只能唤起和犹太法典的某些条款看来归因于《创世纪》的上帝的那种合格希望相同的感情:

> 二十六种尝试发生在今天的创生之前,所有的尝试都注定地失败了。人的世界是从先前的碎片的混沌中心出现的,他也暴露在失败且无任何回报的危险面前。"让我们希望它工作吧!"上帝在创造这个世界时这样呼喊过。这个希望(和这世界及人类的所有后来的历史相伴)恰从一开始就强调了:这个历史被打上了根本的不确定性的印记。

---

[1] 伊·斯唐热与伊·普里戈金:《从混沌到有序》,上海译文出版社 1987 年版。

在这个"失败且无任何回报的危险"面前,在这个"被打上了根本的不确定性"的历史面前,在与世界、人类永恒相伴的"希望"面前,已经有愈来愈多的黄头发、蓝眼睛的西方人把目光投向古老的中华太极文明。"在现当代,西方的《周易》'热'大约以美国为最。据说有七种《周易》译本,曾经年销十余万部。其易学研究较多地从自然科学角度入手,也从文化哲学、巫术学等角度入手,推究自然宇宙与社会人生(人的命运)的深刻文化意蕴,尤其对太极、八卦、六十四卦等一往情深,如痴如醉者确有人在,表现出对所谓'东方神秘主义'的巨大兴趣。"

易有太极,是生两仪,两仪生四象,四象生八卦。"易"即变化,是宇宙变化之大历程。"生生之谓易",宇宙的大变化是生命永恒的推陈出新。古老的中华太极文化也许能为"耗散结构"的当代世界提供一种"不确定性的"希望。科学越发展,就证明易经所揭示的大道理越正确。我们不能把道教、内丹、气功等完全视为荒唐无稽的"迷信",而应该抱更积极的态度,去探索、研究。《封神演义》中有关各种神通、法术、宝贝的描写几乎涉及道教"法术"的每一个方面,它们不单纯是一种艺术的想象性创造,而是文化之树上的灿烂花朵。——那是一棵"其大蔽数千牛,絜之百围,其高临山,十仞而后有枝,其可以为舟者旁十数"(《庄子·人间世》)的"无所可用"而实有大用的中华文化之树。

三教合一道为尊

《封神演义》的思想,是道教、儒教、西方教(佛教前身)并尊而以道教为至尊首选,这是十分清楚、一目了然的。

第五回《云中子进剑除妖》写云中子见纣王:

> 道人左手携定花篮,右手执着拂尘,走到滴水檐前,执拂尘打个稽首,口称:"陛下,贫道稽首了。"纣王看这道人如此行礼,心中不悦,自思:"朕贵为天子,富有四海,'率土之滨,莫非王臣',你虽是方外,却也在朕版图之内,这等可恶!本当治以慢君之罪,诸臣只说朕不能容物。朕且问他端的,看他如何应我。"纣王曰:"那道者从何处来?"道人答曰:"贫道从云水而至。"王曰:"何为云水?"道人曰:"心似白云常自在,意如流水任东西。"纣王乃聪明智慧天子,便问曰:"云散水枯,汝归何处?"道人曰:"云散皓月当空,水枯明珠出现。"纣王闻言,转怒为喜,曰:"方才道者见朕稽首而不拜,大有慢君之心;今所答之言,甚是有理;乃通知通慧之大贤也。"命左右:"赐坐。"云中子也不谦让,旁侧坐下。云中子欠背而言曰:"原来如此。天子只知天子贵,三教元来道为尊。"帝曰:"何见其尊?"云中子曰:"听祢子道

来:但观三教,惟道至尊。上不朝于天子;下不谒于公卿。避樊笼而隐迹,脱俗网以修真。……参乾坤之妙用,表道德之殷勤。比儒者兮官高职显,富贵浮云;比截教兮五行道术,正果难成。但谈三教,惟道独尊。"

三教中以道为尊,说得斩钉截铁。所以连纣王都得给云中子赐坐。但这里说的"三教"是儒教、截教和道教(实即阐教)。按《封神演义》中的描写,阐教与截教都属于道教,其最高创始人是鸿钧老祖,"一道传三友,二教阐截分"。因此阐教与截教其实只是道教中两个不同的派别。书中的倾向性是:阐教为道教正统,截教是左道旁门。所谓"三教共立封神榜"也是在这个意义上:

> ……又因昊天上帝命仙首十二称臣;故此三教并谈,乃阐教、截教、人道三等。(第十五回)

人道即红尘世俗社会,其主导的意识形态自然是儒教。将道教排在儒教之上,这一点也不含糊,"比儒者兮官高职显,富贵浮云"。在《封神演义》中,儒教的代表周文王、周武王其实都服从道教的代表姜子牙。按孔子为儒家的创始人,周文王父子在孔子之先;后世周公孔子并称,周公制礼作乐,孔子说:"郁郁乎文哉,吾从周。"因而周文王、武王、周公与孔子联为一气,在后世已共同泛化为儒教的代表。

周文王和武王都谨遵"君为臣纲"的儒教宗旨。第二十九回

神仙意境

文王临终前再三向姜子牙嘱咐:

> 孤有一言,切不可忘。倘吾死之后,纵君恶贯满盈,切不可听诸侯之唆,以臣伐君。丞相若违背孤言,冥中不好相见。

第六十七回,姜子牙进表请武王出师伐纣,吊民伐罪,武王却表示:

> 昔日先王曾有遗言:"切不可以臣伐君。"今日之事,天下后世以孤为口实。况孤有辜先王之言,谓之不孝。纵纣王无道,君也。孤若伐之,谓之不忠。孤与相父共守臣节,以俟纣王改过迁善,不亦善乎。

但姜子牙却以"天下诸侯……大会孟津……如那一路诸侯不至者,先问其违抗之罪,次伐无道。老臣恐误国家之事"为理由,说服武王出兵,散宜生又以"忠孝"为招牌引诱武王:"不若……陈兵商郊,观政于商,俟其自改,则天下生民皆蒙其福,又不失信于诸侯,遗灾于西土;上可尽忠于君,下可尽孝于先王……"云云,才使武王应允出兵。后来姜子牙金台拜将,六十万雄兵出征商郊,其实都出于姜子牙的策划和道教的预谋。作为周武王的臣下和元始天尊的徒弟,姜子牙明显地持"师命大于君命"的立场,也就是"道教高于儒教"的立场。

武王固执儒教的君臣之义,然而姜子牙及道教众仙家则再三灌输他"天命不可违""顺天应人""吊民伐罪""代天之伐"的观念,武王这位一国之君却总受到道教的左右。第七十回姜子牙的大军被孔宣阻住,紧接着有这样一段情节:

> 武王曰:"闻元帅连日未能取胜,屡致损兵折将,元帅既为诸将之元首,六十万生灵俱悬于元帅掌握。今一旦信任天下诸侯狂悖,陡起议论,纠合四方诸侯,大会孟津,观政于商,致使天下鼎沸,万姓汹汹,糜烂其民。今阻兵于此,众将受干戈之厄,三军担不测之忧,使六十万军士抛撇父母妻子,两下忧心,不能安生,使孤远离膝下,不能尽人子之礼,又有负先王之言。元帅听孤,不若回兵,固守本土,以待天时,听他人自为之,此为上策。元帅心下如何?"子牙答曰:"大王之言虽是,老臣恐违天命。"武王曰:"天命有在,何必强为!岂有凡事阻逆之理?"子牙被武王一篇言语把心中感动,这一会执不住主意,至前营,传令与先行官:"今夜减灶班师。"众将官打点收拾起行,不敢谏阻。二更时,辕门外来了陆压道人,忙忙急急,大呼:"传与姜元帅!"子牙方欲回兵,军政官报入:"启元帅:有陆压道人在辕门外求见。"子牙忙出迎接。二人携手至帐中坐下。子牙见陆压喘息不定,子牙曰:"道兄为何这等慌张?"陆压曰:"闻你退兵,贫道急急赶来,故尔如此。"乃对子牙曰:"切不可退兵!若退兵之时,使众门人俱遭横死。天数已定,决不差错。"子牙听陆压一番言语,也无主张,故此子牙复传令:"叫大小三军,依旧扎住营寨。"

武王听见陆压来至,忙出帐相见,问其详细。陆压曰:"大王不知天意。大抵天生大法之人,自有大法之人可治。今若退兵,使被擒之将俱无回生之日。"武王听说,不敢再言退兵。

第六十六回殷郊被两山夹住,将受犁锄之厄:

　　武王至山顶上,看见殷郊这等模样,滚鞍下马,跪于尘埃,大呼:"千岁!小臣姬发,奉法克守臣节,并不敢欺君罔上。相父今日令殿下如此,使孤有万年污名。"子牙挽扶武王而言曰:"殷郊违逆天命,大数如此,怎能脱逃。大王要尽人臣之道,行礼以尽主公之德可也。"武王曰:"相父今日把储君夹在山中,大罪俱在我姬发了。望列位老师大开恻隐,怜念姬发,放了殿下罢!"燃灯道人笑曰:"贤王不知天数。殷郊违逆天命,怎能逃脱,大王尽过君臣之礼便罢了。大王又不可逆天行事。"武王两次三番劝止。子牙正色言曰:"老臣不过顺天应人,断不敢逆天而误主公也。"

这种道教的绝对权威在其他有关构思、描写中也体现出来。如周公旦是武王之弟,其封爵在姜太公之前,历史和传说早已定型,无法改变;但《封神演义》中周公旦却仅具姓名而已,在最后一回《周天子分封列国》时写及:

　　鲁——姬姓,侯爵。系周文王第四子周(姬)公旦也。

佐文王、武王、成王，有大勋劳于天下。后成王命为大宰，周公留相天子，主自陕以东之诸侯。乃封其长子伯禽于曲阜，地方七百里，分以宝玉、大弓之器，俾侯于鲁，以辅周室。

这位"佐文王、武王、成王，有大勋劳于天下"的周公旦在描写商灭周兴的《封神演义》中却没有任何值得称道的事迹，让读者产生错觉，似乎封爵时鲁排在齐之前，仅仅因为周公旦是皇亲国戚而已。其实更深层的原因在于：周公旦是儒教的象征，而姜子牙是道教的化身，只有突出姜太公而忽视周公旦，才能符合"道教高于儒教"的总体思想。这在全书结尾，即《封神演义》的"大结局"中也表现得一清二楚：

自太公伐纣，周公作相，遂成周家八百年基业。然子牙、周公之鸿功伟烈，充塞乎天地之间矣。后人有诗单赞子牙斩将封神，开周家不世之基以美之：

宝符秘箓出先天，斩将封神合往愆。

敕赐昆仑承旨渥，名班册籍注铨编。

斗瘟雷火分前后，神鬼人仙任倒颠。

自是修持凭造化，故教伐纣洗腥膻。

又有诗赞周公辅相成王，勘定内难，为开基首功，而又有十乱以襄之：

天潢分派足承祧，继述吁谟更自饶。

岂独簪缨资启沃，还从剑履秩宗朝。

神仙意境

和邦协佐能戡乱，典礼咸称善补貂。
总为周家多福荫，天生十乱始同调。

太公在前而周公在后，太公是开创之功，周公是守成之业。道教与儒教，孰前孰后，谁是主谁是宾，谁"补"谁，一目了然。

《封神演义》写道教参与殷周更替的政治变革，是基于"天数"和"天命"。所谓"此时成汤合灭，周室当兴；又逢神仙犯戒，元始封神，姜子牙享将相之福，恰逢其数，非是偶然"（第十五回）。不过，道教参与政治却也是历史上屡见不鲜的现象。《封神演义》的构思无疑受了历史的启发，尤其是它产生的时代——明朝历史背景的启发。

明成祖朱棣起靖难之师向建文帝夺取政权，就和术士之辈的怂恿有关。如僧道衍（即姚广孝）、相士袁珙、卜者金忠，都力称其龙章凤姿，必登大宝，朱棣为之心动，因而举事。成祖御制《姚少师神道碑》，称赞道衍"先机放谋，言无不合，出入左右帏幄之间，启沃良多"。《明史纪事本末》记载：

> 诸王封国时，太祖多择名僧为傅，僧道衍知燕王当嗣大位，自言曰："大王使臣得侍，奉一白帽与大王戴。"盖白冠王，其文皇也。燕王遂乞道衍，得之。

> 道衍至北平，住持庆寿寺，出入燕王府中，行迹甚密。时时屏人语，密劝燕王起兵，朱棣仍顾忌民心向背，道衍却说：

"臣知天道,何论民心。"又推荐袁珙和卜者金忠。

《明史·袁珙传》记载:

(燕王)召珙官中,谛视曰:"龙行虎步,日角插天,太平天子也。年四十,须过脐,即登大宝矣。"

《明史·金忠传》记载:

僧道衍称于成祖,成祖将起兵,托疾召忠卜,得铸印乘轩之卦,曰:"此象贵不可言。"自是出入燕府中,常以所占劝举大事,成祖深信之。

后来朱棣起兵,也多托言神异相助。傅维麟《明书》卷一百六十《姚广孝传》记载:

(朱棣)问(师)期,曰:"未也,俟吾助者至。"曰:"助者何人?"曰:"吾师。"又数日,入曰:"可矣。"遂谋召张昺、谢贵等宴,设伏斩之,遣张玉、朱能勤卫士,攻克九门,出祭纛,见披发而旌旗蔽天,太宗顾之曰:"何神?"曰:"向所言吾师玄武神也。"于是太宗仿其像,披发仗剑相应……

术士怂恿,神异襄助,连朱棣自己也"披发仗剑相应",这与

《封神演义》中姜子牙及阐教神仙助周十分相近。其实，明代从开国皇帝朱元璋起，已有崇尚道释方技的苗头，而到明中叶，也就是《封神演义》成书的时代，则崇尚道佛之风愈益炽烈。

朱元璋起兵时，军中已有许多术士，为其运筹决策，如周颠仙、铁冠道人之流。即位以后，又屡征术士，《菽园杂记》卷一记载：

> 洪武中，朝廷访求通晓历数、数往知来、试无不验者，必封侯，食禄千五百石。

《明史》卷二百九十九《张正常传》附《刘渊然传》载：

> 刘渊然……幼为祥符宫道士，颇能呼召风雷。洪武二十六年，太祖闻其名，召至，赐号高道，馆朝天宫。

到了明代中期，如武宗宠信番僧，造寺于大内，群聚诵经，日与之狎昵，自封法号，正德十年有迎佛之举。世宗因多病而求长生，则特崇道士羽流。《明史》卷三百七《陶仲文传》记载：

> 帝自二十年遭宫婢变，移居西内，日求长生，郊庙不亲，朝讲尽废，君臣不相接，独仲文得时见，见辄赐坐，称之为师而不名……小人顾可学、盛端明、朱隆禧辈皆缘以进……加仲文少师，仍兼少傅、少保，一人兼领三孤，终明之世惟仲文而已。

以道士而兼领三孤，可见方士羽流的圣眷至于嘉靖已无可复加。《封神演义》中写道教干政，扶助新君，道教享有至高无上的权威和尊崇无疑与这种时代背景大有关系。

前面说过，《封神演义》中所谓"三教"是阐教、截教和人道（儒教），而阐教和截教其实只是道教中的两个流派，这两个流派又表现为内丹与外丹的争锋。阐教一词不知出何经典，《明史》卷三百七《邵元节传》记载：龙虎山道士邵元节曾获赐"阐教辅国"玉印，他的徒弟陈善道也被封为"清微阐教崇真卫道高士"；卷三百三十一《西域传》又有名必力工瓦的僧人封为"阐教王"。阐字大约是阐明、阐扬的意思。第五回云中子称赞道教的偈子中有"阐道法，扬太上之正教"的说法；道书《无上黄箓大斋立成仪》中也有"灵宝玄师为三天化主，乃阐教之师，应宣行斋事"的记载。今人李建武考证元代道士彭致中所编全真教诗词选本《鹤鸣余音》是"阐教"一词最直接的来源，其中有"达磨阐教，东土至西天……丘公阐教，万朵金莲"等说法。另外第五回云中子的尊道赋也是抄自《鹤鸣余音》。[1] 截教一词，则纯粹是《封神演义》的杜撰，大约是截断、阻灭的意思，是从阐教含义的对立面生发出来的。所以阐教是道教正统，而截教是左道旁门。

尽管《封神演义》杜撰了阐教和截教，但在中国历史上真正发生影响的是儒、道、佛三教，所以《封神演义》有时提到"三教"

---

[1] 李建武：《再考〈封神演义〉的阐教和截教》，《明清小说研究》2008年第4期。

时就未免前后不尽一致。如第四十七回赵公明对燃灯道人说:

> 道兄,你乃阐教玉虚门下之士;我乃截教门人。你师,我师,总是一师秘授,了道成仙,共为教主。……岂不知:
> 翠竹黄须白笋芽,儒冠道履白莲花。
> 红花白藕青荷叶,三教元来总一家。

第六十五回广成子对西方接引道人说:

> 道虽二门,其理合一。以人心合天道,岂得有两。南北东西共一家,难分彼此。如今周王乃是真命天子,应运而兴,东西南北,总在皇王水土之内。道兄怎言西方不与东南之教同,古语云:"金丹舍利同仁义,三教原来是一家。"

这里所说的"三教"又分明是道教、儒教和佛教(小说中称为西方教,因为故事的时间背景是商末周初时期,事实上那时释迦牟尼还没有诞生,佛教还没有创立,因此西方教可以说是佛教的前身,影射的就是佛教)。"金丹舍利同仁义""儒冠道履白莲花"并驾齐驱,而阐教和截教则"总是一师秘授",只是"金丹""道履"中的两股分岔。

《封神演义》如何解决这个矛盾呢?说来也巧妙得很,它将佛教(即小说中的西方教)看成是外来的宗教,给以"客卿"的地位。这很符合儒、道、佛三教的本来面目。儒教和道教是中华本土土生土长的,而佛教则是从印度传入的。佛教传入中国的时间,历来有种种不同的说法,从"三代以前已知佛教"到"周代已传入佛教""战国末年已传入佛教"等,不一而足。

但这些说法"虽在中国佛教史上为不少僧侣学者深信不疑,但这从当时的历史条件和各种资料进行考察,都是不能成立的。佛教传入中国的可靠年代,是在西汉末年和东汉初年的时候"。[1]《封神演义》写西方的接引道人、准提道人也参加商周更替的斗争,这正是儒道佛三教已融会合流的明代人的艺术想象,将佛教看作外来户,"三教"在《封神演义》中有了三种不同的含义,但能互相补充,自圆其说。

局限于中原本土,"三教"是指阐教、截教和儒教(人道);加入外来户,则由"小三角"变成"大三角","三教"指道教、儒教和佛教;而第七十八回《三教会破诛仙阵》与第八十二回《三教大会万仙阵》中,"三教"实指阐教、截教和西方教(佛教)三家,阐教与西方教(佛教)联手对付截教,最后通天教主被鸿钧老祖带走,截教实际上已经不复存在,"三教"又变成专指道教(阐教)、儒教和西方教(佛教)。这就是"三教"内涵在《封神演义》中的演变,它很形象地表现了佛教的"汉化"过程和道教自身的分化合并,简直就像"三教合一"历程之艺术化的钩玄提要。

有的读者认为《三教会破诛仙阵》与《三教大会万仙阵》中

---

[1] 任继愈主编:《中国佛教史》第一卷,中国社会科学出版社1981年版,第67页。

的"三教"是指元始天尊当教主的阐教,西方接引道人、准提道人的西方教(佛教),以及老子的玄都,这"三教"联合起来"会破"和"大会"诛仙阵、万仙阵。但小说中明确写鸿钧老祖是"一道传三友,二教阐截分",三个徒弟,两个教派,大徒弟老子和二徒弟元始掌阐教,三徒弟通天教主掌截教。老子的玄都并不是一个与阐教和截教并列的教派,而只是阐教中退居幕后的一个后方,或者说后台老板。因此所谓"三教会破诛仙阵"其实际含义是说截教摆了诛仙阵,阐教和西方教(佛教)则来破阵。"三教大会万仙阵"也是类似的意思。如果一定要把"三教"理解为破阵的一方,那么"三教"就是指阐教(后来的道教)、西方教(后来的佛教)和人道(周武王代表的后世儒教),而截教则被贬为"邪教"了。

从佛教输入中国的那一天起,就有一个需要适应中华本土文化,逐渐调整自己的问题。佛教与儒教,尤其是与道教之间既互相斗争,又彼此吸收,这个过程从来没有停止过。如《中国佛教史》说:"庐山慧远僧团不但是江南佛教中心,在全国各地也具有十分重要的地位。除了他善于政治活动外,更重要的原因是他的学说适合于当时门阀士族地主阶级的需要。他把儒家的纲常名教与佛教的出世观念结合起来。慧远对封建宗法制度的容让,对鬼神学说的迁就,对佛教大小乘宗派矛盾的调和,从而使他的佛教思想把许多对地主阶级有用的东西融合贯通,兼收并蓄。"[1]

---

[1] 任继愈主编:《中国佛教史》第二卷,中国社会科学出版社1985年版,第3页。

三教合一道为尊

儒、佛、道三教相提并论,由来已久。伪题汉代人撰的《牟子理惑论》已借调和三教为主题;唐代宫廷有所谓三教讲论;三教合论,当然更加促进了它们彼此间的混融。宋孝宗曾说:"以佛治心,以道治身,以儒治世。"[1]禅宗兴起以后,宋代理学家批评所谓"佛老之糟粕",但实际上吸取了很多佛家的思维成果,才使传统儒学面目一新,成为影响深远的"新儒学"。而周敦颐倡言《太极图》,又和道教有密切关系。金元时的全真教,更糅合佛家的禅宗与宋代理学"去人欲,存天理"的刻苦自励功夫,揭"三教一致"之要旨。全真教创始人王重阳凡立教会都以"三教"名之,让信众诵读《道德经》《孝经》《般若心经》。他的诗《修行》写道:"心中端正莫生邪,三教搜来做一家。义理显时何有异,妙玄通后更无加。"宋元间,在江西西山玉隆万寿宫,有"净明忠孝道",简称"净明道"兴起。净明道虽然仍以神仙信仰为核心,其教义中却又突出地强调修道必须忠君孝亲。至今西山玉隆万寿宫正殿上还挂着"忠孝神仙"的匾额。

明代从太祖朱元璋起就倡三教合一之论。沈德符《万历野获编补遗》"圣祖兼三教"条:"太祖深于竺乾之学……至七年,上手注《道德经》……至十年,上与群臣论日月五星之行……至三教一论,和合同异,具在御制集中,尤为抉微扼要,万古至言,真天生圣人也。"

---

[1] 元刘谧撰《三教平心论》(元泰定甲子通城吴鼎刊本)引孝宗《原道辩》。

大儒王阳明也受道、佛二教的影响,认为三教"其初只是一家,去其藩篱,仍旧是一家"(王阳明答朱得之"问三教异同"语)。王畿服膺良知之说,但也大谈三教融合:"三教之说其来尚矣。老氏曰虚,圣人之学亦曰虚,佛氏曰寂,圣人之学亦曰寂……。良知者,性之灵,以天地万物为一体,范围三教之枢。"(《王龙溪全集》卷十七)

到明代中叶以后,三教融合的思想已弥漫整个社会。李卓吾《三教品序》有云:"三教圣人,顶天立地,不容异同明矣。故曰:'天下无二道,圣贤无两心。'"

历史学家焦竑《焦氏笔乘续集》中也有云:"夫释氏之所疏,孔孟之精也;汉宋诸儒之所疏,其糟魄(糟粕——引者)也。今疏其糟魄,则俎豆之;疏其精,则斥责之,亦不通于理矣。"

闽人林兆恩和袁黄是提倡三教合一最积极有力者。林兆恩著有《圣学统宗三教归儒集》(一称《林子三教正宗统论》),自称"三教先生",聚徒立说,影响遍及东南。袁黄著有《了凡四训》,将道教流行之功过格与佛教的因果报应说普及于中下层社会。而道士陆西星,"学宗二氏,缘饰以儒术"(《兴化县志》),著作中既有《三教图赞》《文昌帝君赞》,又有《老子出关赞》《孔子赞》《吕纯阳赞》。将陆西星视为《封神演义》的作者是很有影响的一家之言。[1]

了解了这种背景情况,《封神演义》的思想内容是"三教合一,

---

[1] [澳]柳存仁:《明儒与道教》,刊于《新亚学报》第八卷一期。

道教为尊"就是很容易理解的事。由于故事的时间背景是商周之交，即使在传说中，佛教的传入也还是刚刚开始，因而《封神演义》中将西方教（佛教）写成只是偶尔涉足中原事务的"外国朋友"，是一种合情合理而又饶有趣味的艺术处理。

《封神演义》中写到西方教（佛教），只出现了两位"教主"，一位是"西方教主"接引道人，另一位看样子是第二把手的准提道人。这与阐教中老子和元始天尊的关系既相似又有微妙的差别。前面已经提到，老子和元始是师兄弟，实际掌教的是元始，而老子则有点退居幕后，只在必要时才出面赞襄的味道。第四十四回赤精子为姜子牙遭魔魅事去求见元始天尊，元始却吩咐："吾虽掌此大教，事体尚有疑难。你叫赤精子可去八景宫见大老爷，便知始末。"

而西方教（佛教），正式教主是接引道人，不过准提道人的神通本领和接引道人不相上下，而且更通达事理，他的意见接引道人都接受。第六十五回广成子去西方借旗，接引道人以"青莲宝色旗染不得红尘"为由固执不借，准提道人却说："前番我曾对道兄言过：东南两度，有三千丈红气冲空，与吾西方有缘；是我八德池中五百年花开之数。西方虽是极乐，其道何日得行于东南；不若借东南大教，兼行吾道，有何不可。况今广成子道兄前来，当得奉命。"而接引道人就立刻"听准提道人之言，随将青莲宝色旗付与广成子"。第七十八回破诛仙阵，接引道人本来没有积极性："但我自未曾离清净之乡，恐不谙红尘之事，有误所委，反为不美。"但在准提道人的坚持下，"接引道人如准提道人之言，同往东土而来"。有一种说法认为接引道人和准提道人分别是西藏的达赖和班禅,可作为一家之言。《封神演义》把准提道人写成开放型、外向型的,把接引道人写成保守型、内向型的。从艺术上来说,这是一种对比的手法,可以使两个形象各具面目,互不雷同,又可以增加一些情节上的波澜情趣。除了破诛仙、万仙两阵西方两位教主一起出马外,准提道人又单独涉足东土多次,第六十一回收马元、第七十一回收孔宣、第七十九回收法戒等。

接引道人显然取材于佛教中的接引佛,本是释迦牟尼佛出世之前的佛祖,即阿弥陀佛,密教称为甘露王,乃净土宗的主要信仰对象,能接引念佛的人往生"西方净土",故称为接引佛。他又有许多名号,如无量寿佛、无量光佛、欢喜光佛、智慧光佛等。

《封神演义》在尊崇道教的同时,对西方教(佛教)也一视同仁,给予极崇高的地位,表现了作者一种开放的心态胸襟,同时也说明道教和佛教的融合补充在明代已十分深入人心。但《封神演义》更令人叹赏的是它能成功将道教和西方教(佛教)两种宗教境界用不同的艺术境界表现出来。这主要得力于不同意象的选择,同时也表明作者对道教和佛教不同的教理是体察入微的。

按《封神演义》的描写,道教神通的根本是阴阳、五行、八卦这一套,是地道的中华本土文化的产物,在前面的章节我们已经详细讨论过。那么西方教(佛教)呢?第六十一回准提道人首次出场,文殊广法天尊却不认得他,准提道人首先念了一首偈诗:

大觉金仙不二时,西方妙法祖菩提。

> 不生不灭三三行，全气全神万万慈。
> 空寂自然随变化，真如本性任为之。
> 与天同寿庄严体，历劫明心大法师。

文殊广法天尊听了立刻赞美说："久仰大法，行教西方，莲花现相，舍利元光，真乃高明之客。"准提道人又对马元说："道友可惜五行修炼，枉费功夫！不如随我上西方，八德池边，谈讲三乘大法；七宝林下，任你自在逍遥。"这已经十分明确地将佛教与道教的"五行修炼"区别开来，西方教（佛教）不搞阴阳、五行、八卦这一套。那么西方教（佛教）的一套是什么呢？这用几个典型的意象来表示：莲花、舍利、八德池、七宝林。这一组意象构成西方教（佛教）的宗教精神境界，并得到反复渲染：

> 广成子又往西方极乐之乡来。纵金光，一日到了西方胜境，——比昆仑山大不相同。怎见得，有赞为证：
> 　　宝焰金光映日明，异香奇彩更微精。
> 　　七宝林中无穷景，八德池边落瑞璎。
> 　　素品仙花人罕见，笙簧仙乐耳更清。
> 　　西方胜界真堪羡，真乃莲花瓣里生。（第六十五回）

> 话说准提道人上岭，大呼曰："请孔宣答话！"少时，孔宣出营，见一道人来得蹊跷。怎见得，有偈为证：
> 　　身披道服，手执树枝。八德池边常演道，七宝林下

说三乘。顶上常悬舍利子,掌中能写没文经。飘然真道客,秀丽实奇哉。炼就西方居胜境,修成永寿脱尘埃。莲花成体无穷妙,西方首领大仙来。(第七十一回)

广成子来禀老子与元始曰:"西方二位尊师至矣。"老子与元始领众门人下篷来迎接。见一道人,身高六丈。但见:

大仙赤脚枣梨香,足踏祥云更异常。

十二莲台演法宝,八德池边现白光。

寿同天地言非谬,福比洪波语岂狂。

修成舍利名胎息,清闲极乐是西方。(第七十八回)

准提上前,扶起法戒曰:"道友,我那西方绝好景致,请道兄皈依:

西方极乐真幽境,风清月朗天籁定。

白云透出引祥光,流水潺潺山谷应。

猿啸鸟啼花木奇,菩提路上芝兰胜。

松摇岩壁散烟霞,竹拂云霄招彩凤。

七宝林内更逍遥,八德池边多寂静。

远列巅峰似插屏,盘旋溪壑如幽磬。

昙花开放满座香,舍利玲珑超上乘。

昆仑地脉发来龙,更比昆仑无命令。"(第七十九回)

(乌云仙)又是一剑。准提用中指一指,一朵白莲托剑。

准提又曰:"道友,

　　掌上白莲能托剑,须知极乐是西方。

　　二六莲台生瑞彩,波罗花放满园香。"(第八十二回)

……元始现庆云,老子现塔,西方二位教主现舍利子,保护其身。定光仙见了,弃幡倒身下拜……西方教主曰:"吾有一偈,你且听着:

　　极乐之乡客,西方妙术神。

　　莲花为父母,九品立吾身。

　　池边分八德,常临七宝园。

　　波罗花开后,遍地长金珍。

　　谈讲三乘法,舍利腹中存。

　　有缘生此地,久后幸沙门。"(第八十四回)

佛家的理想是根据其基本教义四谛说、十二因缘说、业力说、无常说与无我说等而来,核心是一个"空"字。"色之性空,非色败空。"(僧肇《不真空论》)"无我无欲心则休息,自然清净而得解脱,是名曰空。"(《佛说圣法印经》,《大正藏》二卷阿含部下)反映在审美上,则特别突出清净和恬淡的境界。上引《封神演义》对西方极乐世界的描写正是如此。"素品仙花人罕见","清闲极乐是西方",无论莲花、舍利、八德池、七宝林,都给人清净绝伦、恬淡无比的感觉。这里没有道教炼丹炉的烟熏火燎,而只有水中莲花的幽香。和对道教的描写相比,显然各自突出不同的特点。

道教的圣地是山,从昆仑山、八景宫到灵鹫山、乾元山等,一座座仙山洞府,让人觉得幽深神秘。西方教(佛教)的圣地却更突出水,八德池、七宝林、莲花的反复渲染让人总感受到水的滋润洁净、明朗开阔。再加上昙花、菩提、波罗花这些带有异国情调的植物,使氛围更加浓郁。

总之,道教是北方色调,山是意象核心;西方教(佛教)是南方情趣,水是意象核心。五行、八卦、炼丹炉与莲花、昙花、波罗花区分开了中华与异域的不同文化。山中好炼丹,水中好种花,是很巧妙的艺术经营。当然,莲花在道教里也是圣物,如哪吒是莲花化身,太乙真人、赤精子等表现法力时也常"用手一指,足下先现两朵白莲花,为护身根本",这显然是佛道互相融会的表现,但在道教里,莲花不像在佛教里成为根本的象征。

舍利子本是道行高深的高僧大德尸体火化后骨灰的结晶,据说像珠子模样。不过《封神演义》中提到的舍利子不是这个意思,而是指炼成功的"内丹",是道行高深、佛法无边的象征。佛教的坐禅本来也有练气功的意义在内,印度又有所谓瑜伽功,细究起来,当然与道教气功各有门径,各有特点;但从一般的意义上说,道、佛二教的气功又有相通互补之处。所谓"修成舍利名胎息""舍利腹中存""顶上常悬舍利子""舍利玲珑超上乘",正是"内丹"修成功的一种艺术想象。"元始现庆云,老子现塔,西方二位教主现舍利子,保护其身",显然是功力相埒的内丹功夫,但庆云和塔是中华文化,舍利子是印度文化(塔本是佛教之物,从印度传入,但因时代久远,已经"汉化"了,这也是道、佛二教彼此吸收的表现）。总之,《封神演义》对道佛二教的描写相当艺术地对其宗教教义做了点化,使其成为一种文学境界。

《封神演义》虽然道教、佛教一体同尊,但隐隐约约地还是流露出道教至高无上的倾向,这是一种中华文化本位的立场。《后汉书·襄楷传》:"老子入夷狄化为浮屠。"道教徒作《老子西升经》,说"老君西升,开道竺乾",说释迦牟尼是老子的"投胎转世"。西晋道士王浮又造《老子化胡经》,说道教教主老子西涉流沙,入天竺为佛,从事传教,化导胡人,释迦牟尼实为其后世弟子。魏晋南北朝陕西终南山的楼观道派也是老子西升化胡说的积极倡导者。元明时期的全真教热烈宣传这一套。僧侣们则把释迦牟尼生年往前推,说释迦牟尼早在周昭王时已经出世,并且当时中国已有人知道西方有"圣人"诞生。这是佛道二教争夺权威的斗争。《封神演义》中西方二位教主和老子、元始天尊平列,不分上下,但第八十四回却又出来一个鸿钧道人,是老子和元始的老师,"高卧九重云,蒲团了道真。天地玄黄外,我当掌教尊",其资格权威显然又超过了西方教主。

> （鸿钧道人）便至篷上,与西方教主相见。鸿钧道人称赞西方极乐世界,真是福地。西方教主应曰:"不敢!"教主请鸿钧道人拜见。鸿钧曰:"我与道友无有拘束。这三个是我门下,当得如此。"接引道人与准提道人打稽首坐下。后面就是老子、元始过来拜见毕,又是十二代弟子并众门人俱来拜见毕,俱分两边侍立。通天教主也在一旁站立。

神仙意境

西方教主以晚辈之礼"拜见"鸿钧道人，鸿钧道人则以客人之礼对待，请他们坐下。客气虽客气，长幼尊卑还是一目了然的。后来鸿钧道人当众责备通天教主，接引和准提道人齐声附和："老师之言不差。"不称"道友"而称"老师"，先进后学之分可见。

不过，《封神演义》的道教门户之见并不明显，对佛教也可谓推崇备至，这种"多元化"的"宽容"心态很值得赞赏。尤其有趣的是，西方二位教主不仅将许多截教门人收走，所谓"渡有缘之客"，如法戒、孔宣、乌云仙等；而且一些阐教门人后来也归了西方。

第八十三回描写："惧留孙乃是西方有缘之客，久后入于释教，大阐佛法，兴于西汉。"而文殊广法天尊、普贤真人和慈航道人所谓"三大师收伏狮象犼"，"后兴释门，成于佛教，为文殊、普贤、观音，是三位大士"。按惧留孙即佛经里的拘留孙（又作俱留孙、鸠楼孙等），是所谓过去七佛中的第四佛，现在贤劫[1]中的一千佛之首。那位阐教门人中"仙人班首，佛祖源流"的燃灯道人，也是佛教中燃灯古佛的前身。他后来夺得了赵公明的定海珠，而这定海珠，"珠有二十四颗。——此珠后来兴于释门，化为二十四诸天"（第四十七回）。燃灯道人又收伏了羽翼仙作门人，这个羽翼仙就是《西游记》里如来佛顶上的大鹏雕，在狮驼国里和文殊的青狮、普贤的白象一起与孙悟空苦斗；在《说岳全传》里又被贬

---

[1] 贤劫：佛教说现在之住劫名为贤劫，因为在此住劫二十增减中，有千佛出现。

下界，投胎转世，成了一代名将岳飞，字鹏举。杨戬的师父玉鼎真人似乎也是从佛教中金顶大仙的名号演绎而来。截教门下的毗芦仙，应该就是后来佛教中的毗芦佛。

《封神演义》中写阐、截二教门人后入佛教，是"三教同源"思想的反映，又是"老子化胡"传说的艺术转化。总的来看，《封神演义》虽然以道教为至尊，但并不故意贬低佛教，而是认为道教、佛教各有千秋，所谓"昆仑地脉发来龙，更比昆仑无命令"，虽然道教是源流、"来龙"，但佛教却有一种更清净自在的气息意境。第七十八回准提道人和接引道人与通天教主各自夸赞佛教和道教：

> 准提道人曰："俺弟兄二人虽是西方教主，特往此处来遇有缘。道友，你听我道来：
>
> 　　身出莲花清净台，三乘妙典法门开。
> 　　玲珑舍利超凡俗，璎珞明珠绝世埃。
> 　　八德池中生紫焰，七珍妙树长金苔。
> 　　只因东土多英俊，来遇前缘结圣胎。"
>
> 话说接引道人（原文此处讹误，应为准提道人——引者）说罢，通天教主曰："你有你西方，我有我东土，如水火不同居，你为何也来惹此烦恼。你说你莲花化身，清净无为，其如五行变化，立竿见影。你听我道来：
>
> 　　混元正体合先天，万劫千番只自然。
> 　　渺渺无为传大法，如如不动号初玄。

炉中火炼全非汞,物外长生尽属乾。
变化无穷还变化,西方佛事属逃禅。"

这将佛教和道教的异同比较得很清楚,和我们前面的论述十分符合。佛教是莲花清净,道教是五行变化;佛教是八德池,道教是炉中火。道教中的截教走了歪门邪道,不如佛教;但阐教却与佛教旗鼓相当,而道教的祖师爷鸿钧道人是前辈大德,比佛教更源远流长。

"儒道互补"是海内外从事中国思想文化研究的学者们都基本承认的一个理论概括。儒道两家以不同的思维方式、心理框架和价值系统互相颉颃,互相刺激,互相吸收,推动着民族精神的演进,共同构成中国传统文化的主流。

儒道两家的"互补",基本上可以概括为阳刚与阴柔、进取与退守、庙堂与山林、群体与个体、恒常与变动、肯定与否定几个层面,[1]这是儒道二家之"异",各自着重于不同的侧面,因而互相补充;同时,它们又有一致之处,使它们互相联系贯通。比如,两家都不以物欲为耻。儒家信仰谋道不谋食、重义轻利、安贫乐道,道家则提倡见素抱朴、清心寡欲。又如,两家都重视道德修养。儒家要克己复礼、正心诚意修齐治平,道家则主张"修道""积德",不以物累形,以保全人的本性。当然这种概括只是就基本特征而言,

---

[1] 李宗桂:《中国文化概论》,中山大学出版社1988年版。

不是刻板机械的,如阳刚、进取的儒家也讲"穷则独善其身";阴柔、退守的道家则讲究以退为进、以柔克刚,道教更曾多次成为凝聚下层民众进行反抗斗争的旗帜。

前面的章节已经说过,《封神演义》两条基本的情节线索贯穿着两条思想线索,商周兴替的故事更多地表现了儒家思想,神仙打斗的故事更多地表现了道教思想。元始天尊的小徒弟姜子牙成为周武王的"相父"、元帅,正是"儒道互补"的艺术实现。

儒家思想本身也是发展变化的,多层次多侧面的。比如既有"君要臣死,臣不得不死"的极端专制主义思想,又有"民为贵,社稷次之,君为轻"(《孟子·尽心下》)的民为邦本思想。孟子讲"性善",而荀子讲"性恶"。总的趋向是,越到传统社会后期,专制主义的色彩越加浓烈。《封神演义》产生的明代——朱明王朝本来是中国历史上最专制残酷的王朝,朱元璋、朱棣都是杀功臣、兴文字狱的能手干将。朱元璋有一句名言:"寰中士大夫不为君用者,是自外其教者,诛其身而没其家,不为之过。"因为孟子说了"民为贵……君为轻"的话,就被朱元璋下令取消"亚圣"称号,驱出孔庙。到了明中叶,物极必反,一股反抗叛逆的浪漫思潮出现了,李卓吾、汤显祖、冯梦龙……一大批思想家、文学家蜂拥而出,不以孔子之是非为是非,造成一个思想解放、"异端邪说"层出不穷的大气候。《封神演义》中对儒家思想的取舍轩轾无疑与这个大气候极有关系,它的基本倾向是用道家、道教的思想淡化、否定其专制主义的一面,而竭力强化其较符合人性的一面,与道家强调变动、重视个体、赞成否定的思想融为一体。

"三纲五常"在汉代以后成为儒家思想的一块基石，统治阶级用以维护其专制统治，控制人民思想的绳索、枷锁。追索根源的话，"三纲"二字最早见于《韩非子》，"三纲五常"连用，则是在东汉的《白虎通义》中。但真正对三纲五常做了全面、系统论述的，还是汉代大儒董仲舒。《春秋繁露·基义》："凡物必有合。……阴者阳之合，妻者夫之合，子者父之合，臣者君之合。物莫无合，而合各有阴阳。……君臣、父子、夫妇之义，皆取诸阴阳之道。君为阳，臣为阴；父为阳，子为阴；夫为阳，妻为阴。阴道无所独行。……是故臣兼功于君，子兼功于父，妻兼功于夫，阴兼功于阳，地兼功于天。"《春秋繁露·顺命》："天子受命于天，诸侯受命于天子，子受命于父，臣妾受命于君，妻受命于夫。"君、父、夫为阳，臣、子、妻为阴，阳尊阴卑，定位不移，这就是三纲之说，"循三纲五纪，通八端之理，忠信而博爱，敦厚而好礼，乃可谓善"（《春秋繁露·深察名号》）。

很显然，"三纲"之说是在为传统宗法家族制基础上的专制主义统治提供理论根据。它以父子、夫妇这种家庭关系为依据，以宗法制下的家庭制度为基础，以君亲、忠孝的联结为纽带，以移孝作忠的情感转移，实现家族政治化和国家家族化。家庭制度与国家制度自然地融贯为一，发挥着共同的功能：对臣民来说，"三纲"既是一种外在的强制性的社会规范，又是一种必须认真体验并付诸实践的道德修养。对君主来说，它既是要求臣民尽忠的权力，又是以此施行教化的义务。君主与臣民，规范与修养，权力与义务，就这样神奇地结为一体，内在控制与外在控制珠联璧合，社会的稳定便大大地加强了。这反映了传统专制主义加强的内在要求。这种家庭制度与政治制度的交融,是中国思想文化的一大特点。

作为内在控制的重要内容和手段,除了"三纲"之说,还有"五常之道"。它是由董仲舒在对汉武帝的第一次策问中提出来的:"夫仁、义、礼、智、信,五常之道,王者所当修饰也。王者修饰,故受天之佑,而享鬼神之灵,德施于外,延及群生也。"(《汉书·董仲舒传》)董仲舒强调五常之道,是要为维护大一统的政治局面服务。与"三纲"之说主要用于要求、约束臣民不同,"五常之道"所浸润、延及的范围,包括君主在内。除了"礼"是区分尊卑等级的文教制度和做人标准外,仁、义、智、信都主要是一种以伦理为本位的价值观念和行为模式。其中,君主的表率作用是主要的。

这除了从以上的对策中可以看出外,从《五行五事》中也可看出。董仲舒认为,王者所应修的"貌、言、视、听、思"五事,分别具有恭(敬)、从(可从)、明(知贤不肖,分黑白)、聪(闻事审义)、容(言无不容)的机能,有肃、义、哲、谋、圣的性状,以及与此相应的社会功能。劝导君主注意自己的言行,行政及时、恰当,强调的是君主的自我修养,将君主亦置于社会控制的范围之内。当然,"五常之道"更是针对一般民众而发。董仲舒企图把君主与臣民都纳入共同的社会规范之中,使大家反躬自省,调节自己的情感和欲望,通过对"五常"的追求,达到自我完善,从而使社会处于和谐之中。

然而,事实上这一套对帝王并没有强制性的约束力,五常与三纲相合,恰成为统治者为自己文过饰非的遮羞布,以及推行专制主义、奴役人民思想的精神枷锁。统治者更乐于强调"君要臣死，臣不得不死"这种君权神圣的极端专制主义理论。仁、义、礼、智、信，则只要求臣下与民众，而不要求自己，顶多只是一种自我标榜而已。

在明代中叶以后思想解放、人性解放浪漫思潮的影响下，尤其是在道家道教思想的浸淫下，《封神演义》对"三纲五常"采取一种开放的态度。"三纲五常"不仅要求臣下，首先针对君王。违背了"三纲五常"的君王就成了独夫民贼，应该被推翻，这一观点十分明确。《封神演义》第二回《冀州侯苏护反商》开宗明义，就写苏护与纣王冲突，在午门墙上题写反诗：

> 君坏臣纲，有败五常。
> 冀州苏护，永不朝商。

本来是"君为臣纲"，这里却成了"君坏臣纲"，为专制主义服务的三纲五常被赋予了反对君权专制的内容。这位对君主谏诤不从就公然造反的苏护却被写成一位刚直不阿之士：

> 此时太师闻仲不在都城，纣王宠用费仲、尤浑。各诸侯俱知二人把持朝政，擅权作威，少不得先以礼贿之以结其心，正所谓"未去朝天子，先来谒相公"。内中有位诸侯，乃冀州侯，姓苏名护，此人生得性如烈火，刚方正直，那里知道奔竞夤缘；平昔见稍有不公不法之事，便执法处分，不少假借，故此与二人俱未曾送有礼物。

……鲁雄听罢，低首暗思："苏护乃忠良之士，素怀忠义，何事触忤天子，自欲亲征，冀州休矣！"

……姬昌对二丞相、三伯侯言曰："苏护朝商，未进殿庭，未参圣上；今诏旨有'立殿忤君'，不知此语何来？且此人素怀忠义，累有军功，午门题诗，必有诈伪。天子听信何人之言，欲伐有功之臣，恐天下诸侯不服。……"

……姬昌曰："……不知苏护乃忠良君子，素秉丹诚，中心为国，教民有方，治兵有法，数年以来，并无过失。今天子不知为谁人迷惑，兴师问罪于善类。……"

这位"素怀忠义"的苏护却因不肯将女儿献给纣王而提反诗，又与纣王派来的崇侯虎兵戎相见，已是货真价实的造反。可是书中反而对他持同情赞赏态度。西伯侯姬昌写书信劝她献女朝商，虽也有两句"足下竟与天子相抗，是足下忤君"的话头，核心内容却是所谓"三利三害"，以利害得失来打动他。后来这位已为国戚的苏护奉纣王旨意讨伐西岐，却一心只想倒戈归周。第五十七回《冀州侯苏护伐西岐》：

话说苏侯开读旨意毕，心中大喜。……苏侯暗谢天地曰："今日吾方洗得一身之冤，以谢天下。"忙令后厅治酒，与子全忠、夫人杨氏共饮。曰："……今武王仁德播于天下，三分有二尽归于西周。不意昏君反命吾征伐。吾得遂平生之愿。我明日意欲将满门家眷带在行营，至西岐归降周主，共享太平；然后会合诸侯，共伐无道，使我苏护不得遗笑于诸侯，受讥于后世，亦不失大丈夫之所为耳。"

……苏侯借此要说郑伦，乃慰之曰："郑伦，观此天命有在，何必强为！前闻天下诸侯归周，俱欲共伐无道，只闻太师屡欲扭转天心，故此俱遭屠戮，实生民之难。……今见天下纷纷，刀兵未息，此乃国家不祥，人心、天命可知。昔尧帝之子丹朱不肖，尧崩，天下不归丹朱而归于舜。舜之子商均亦不肖，舜崩，天下不归商均而归于禹。方今世乱如麻，真假可见，从来天运循环，无往不复。今主上失德，暴虐乱常，天下分崩，黯然气象，莫非天意也。我观你遭此重伤，是上天惊醒你我。且我思：'顺天者昌，逆天者亡。'不若归周，共享安康，以伐无道。此正天心人意，不卜可知。你意下如何？"郑伦闻言，正色大呼曰："君侯此言差矣！天下诸侯归周，君侯不比诸侯，乃是国戚；国亡与亡，国存与存。今君侯受纣王莫大之恩，娘娘享宫闱之宠，今一旦负国，谓之不义。今国事艰难，不思报效，而欲归周反叛，谓之不仁。郑伦窃为君侯不取也！若为国捐生，舍身报主，不惜血肉之躯以死自誓！乃郑伦忠君之愿，其他非所知也。"苏护曰："将军之言虽是，古云：'良禽择木而栖，贤臣择主而仕。'古人有行之不损令名者，伊尹是也。黄飞虎官居王位，今主上失德，有乖天意，人心思乱，故舍纣而归周。邓九公见武王、子牙以德行仁，知其必昌；纣王无道，知其必亡，亦舍纣而从周。所以人要见机，顺时行事，不失为智。你不可执迷，恐后悔无及。"郑伦曰："君侯既有归周之心，我决然不顺从于反贼，待我早间死，君侯早上归周；我午后死，君侯午后归周，我忠心不改，此颈可断，心不可污！"

我们看，苏护与郑伦的辩论代表了两种忠义观，也就是对"三纲五常"的两种解释和因此而来的两种态度。苏护虽然"素秉丹诚，忠心为国"，却并不向君王个人效忠，一旦"主上失德，暴虐乱常"，他就题反诗，毅然决然采取"贤臣择主而仕"的明智态度，而且以"天心人意"为理论依据。"天"高于"天子"，一旦天子失政，他就失去了代表天的资格，臣子反叛他不仅没有违背三纲五常，反而是"顺天"的义举。显然，这里巧妙地削弱了君权神授、三纲五常的专制主义性质，而赋予了更多的民主性、开放性内容。这就从早期儒家"民为贵，社稷次之，君为轻"的民本思想发展而来，也是道家道教重视变化、强调否定这一思维趋向的产物。郑伦的言行则代表了维护君权绝对神圣地位、对专制独裁无限服从的"愚忠"思想，认为反叛君王是"不仁""不义"，是"负国"，将"国"与"君"画了等号，因而采取"为国捐生，舍身报主，不惜血肉之躯以死自誓"这样一种效忠君王个人的态度，所谓"忠君之愿"。

这就形成了两种纲常观、两种忠义观。这两种"观"的冲突和斗争贯穿于《封神演义》始终，而其"倾向性"明显是否定专制独裁，儒教接受了道教的"改造"。

首先,违背了三纲五常的"大帽子"被牢牢地扣在了纣王头上,并予以反复渲染。杀大臣、造炮烙、杀妻诛子、敲骨剖孕,桩桩件件,使纣王完全成了纲常的对立面。所谓"君坏臣纲,有败五常"(第二回)、"养成暴虐三纲绝"(第七回)、"不智坏三纲,不耻败五常"(第十回),直到第九十五回"子牙暴纣王十罪"指斥纣王三纲五常败尽,礼义廉耻俱无。这就使纣王经常宣扬的君权至高无上的理论丧失了根据。纣王每当拒谏斩杀大臣时总是以君权至上为理论武器:

> 君命召,不俟驾;君赐死,不敢违;况选汝一女为后妃乎!(第二回)

> 朕闻冠履之分维严,事使之道无两,故君命召,不俟驾;君赐死,不敢违命;乃所以隆尊卑,崇任使也。(第二回)

> 君叫臣死,不死不忠。台上毁君,有亏臣节!(第二十六回)

纣王的暴虐无道使这种君权神圣的理论完全被摧毁。与此相关联,《封神演义》的忠义观自然带有开放性。纣王手下有三类臣僚,一类是以闻太师为代表的愚忠之臣,另一类是以黄飞虎为代表的明智之臣,第三类是以费仲、尤浑为代表的奸佞之臣。奸臣好处理,无论是被姜子牙擒杀的费仲、尤浑,还是企图投机取巧,虽降周而终被杀的飞廉、恶来,都因其奸佞而受到惩罚贬斥。这符合一般的道德观,无所谓儒教或道教之间的分歧。

对前两类臣子的态度则颇耐人寻味。一方面，基本的倾向性一目了然，《封神演义》赞赏黄飞虎、邓九公等弃商从周的明智之举，不赞成闻太师等至死不肯弃商的愚忠，因为前者顺从天命，后者违抗天命。黄飞虎反出五关，得到许多帮助，从太乙真人、清虚道德真君等神仙，到贾氏夫人的鬼魂，无不伸出援手，使效忠于纣王的五关守将一再失利。第三十一回临潼关守将张凤定计要杀死黄飞虎，张凤手下的萧银杀死张凤救黄飞虎，原文描写：

> 张凤走马方出关门，萧银一戟刺张凤于马下。有诗为证：
> 凛凛英才汉，堂堂忠义隆。
> 只因飞虎反，听令发千弓。
> 知恩行大义，落锁放雕笼。
> 戟刺张凤死，辅佐出临潼。

不是为纣王捉拿反叛的张凤，而是为了个人恩怨杀守将、放叛逆的萧银被誉为"堂堂忠义隆""知恩行大义"。"忠义"的标准由此可见，它的根本标准是顺从天命，顺天者昌，逆天者亡。

另一方面，闻太师等效忠殷纣到死方休的人被讥为不知天命，但忠君也毕竟还是三纲五常的应有之义，因而，《封神演义》还是给予适当的肯定和赞扬：

> 从清晨只杀到午牌时分，桂芳料不能出，大叫："纣王陛下！臣不能报国立功，一死以尽臣节！"自转枪一刺，桂芳

撞下鞍鞒,——一点灵魂往封神台来,清福神引进去了。正是:
>英雄半世成何用,留得芳名万载传。(第三十九回)

……鲁雄大喝曰:"姜尚!尔曾为纣臣,职任大夫;今背主求荣,非良杰也。吾今被擒,食君之禄,当死君之难,今日有死而已,又何必多言。"(第四十回)

……云中子在外面发雷,四处有霹雳之声,火势凶猛。可怜成汤首相,为国捐躯!——一道灵魂往封神台来,有清福神祇用百灵幡来引太师。——太师忠心不灭,一点真灵借风径至朝歌,来见纣王,申诉此情。(第五十二回)

……余化龙见五子阵亡,潼关已归西土,在马上大呼曰:"纣王!臣不能尽忠扶帝业,为主报深仇,臣今拼一死而报君恩也!"余化龙仗剑自刎而亡。后人有诗单道余化龙父子一门死节,有诗吊之:
>铁骑驰驱血刃红,潼关力战未成功。
>一门尽节忠商主,万死丹心泣晓风。
>苟禄真能惭素位,捐生今始识英雄。
>清风耿耿流千载,岂在渔樵谈笑中。(第八十二回)

纲常忠义因此具有双重标准。闻太师扶纣伐周,固是违逆天命,甚不足取,但他忠心耿耿,以死报君,又符合君臣之义。所以第九十九回封神时,姜子牙也得褒扬他:"辅相两朝,竭忠补衮,虽劫运之使然,其贞烈之可悯。"无论如何,忠君还是纲常大义,在儒教作为主流意识形态的时代,不能一概予以抹杀。而反叛朝廷,即使因为君主昏暴,以天命有在、良臣择主为辞,也不是完全理直气壮。第三十三回黄衮骂黄明:"吾子料无反心,是你们这些无父无君、不仁不义、少三纲、绝五常的匹夫,唆使他做出这等事来。"这里所说的三纲五常正是站在君权至上的专制主义立场上而言。不过《封神演义》显然不赞成这种立场,它借黄明之口说出另一番道理:"纣王无道,乃失政之君,不以吾等尽忠辅国为念,古语云:'君使臣以礼,臣事君以忠。'国君既以不正,乱伦反常,臣又何必听其驱使!"

纲常忠义这种开放与保守的冲突在对周文王、周武王的描写上表现得最突出。周代商而兴是天命所在,因而文、武二王都是典型的仁德之君,与残暴失政的殷纣王形成鲜明对比。

……众民进城,观看景物:民丰物阜,行人让路,老幼不欺,市井谦和,真乃尧天舜日,别是一番风景。(第十八回)

……黄飞虎身穿缟素上骑,行七十里,至西岐。看西岐景致,山川秀丽,风土淳厚,大不相同。只见行人让路,礼别尊卑,人物繁盛,地利险阻。飞虎叹曰:"西岐称为圣人,今果然民安物阜。的确尧天舜日。"(第三十四回)

神仙意境

周文王、武王以仁德而得天下人心,他们本身就是纲常仁义的化身。第二十四回散宜生等请文王打猎,文王发表长篇大论,表现仁德。所谓"古人当生不剪,体天地好生之仁。孤与卿等何蹈此不仁之事哉。速命南宫适,将围场去了!"周既要代商而有天下,文、武二王又要谨守纲常,这是一个矛盾。《封神演义》把周代商兴,最后伐纣灭国写成全是道教的策划推动,而文、武二王则始终恪守君臣之义。文王临终嘱咐子牙不可伐商,武王则是在姜子牙的操纵之下完全被动地灭商建国,前面已经引及。这样,纲常与天命就统一了起来。在文王、武王身上,三纲五常具有正统、保守的内涵。

……文王听而不悦曰:"孤以二卿为忠义之士,西土赖之以安。今日出不忠之言,是先自处于不赦之地,而尚敢言报怨灭仇之语。天子乃万国之元首,纵有过,臣且不敢言,尚敢正君之过!父有失,子亦不敢语,况敢正父之失。所以'君叫臣死,不敢不死;父叫子亡,不敢不亡'。为人臣子,先以忠孝为首,而敢以直忤君父哉!……"(第二十二回)

……武王曰:"当今虽是失政,吾等莫非臣子,岂有君臣相对敌之理?……"(第九十五回)

第六十八回又写"首阳山夷齐阻兵",伯夷、叔齐阻止姜子牙、武王率兵伐纣:

伯夷、叔齐见左右皆有不豫之色，又见众人挟武王，子牙欲行，二人知其必往，乃走至马前，揽其辔，谏曰："臣受先王养老之恩，终守臣节之义，不得不尽今日之心耳。今大王虽以仁义服天下，岂有父死不葬，爰及干戈，可谓孝乎？以臣伐君，可谓忠乎？臣恐天下后世必有为之口实者。"左右众将见夷、齐叩马而谏，军士不得前进，心中大怒，欲举兵杀之。子牙忙止之曰："不可。此天下之义士也。"忙命左右扶之而去，众兵方得前进。迨至周兵入朝歌，纣王自焚之后，天下归周。后伯夷、叔齐耻食周粟，入首阳山，采薇作歌曰："登彼西山兮，采其薇矣。以暴易暴兮，不知其非矣。神农虞夏，忽焉没兮，我安适归矣。吁嗟徂兮，命之衰矣。"遂饿死于首阳山。至今人皆啧啧称之，千古犹有余馨。

这是对儒教纲常的推崇尊重。不过，就总体而言，儒教还是被道教淡化和改造了。道教的化身姜子牙以元始天尊为后台，以天命为招牌，诱导文、武二王走上了一条实际上背离儒教纲常的"革命"（这个词原本就是从"汤武革命"而来）道路。文、武二王保留了儒教的精神名义，实质却是道教徒姜子牙的傀儡。这是《封神演义》特有的"道儒互补"。

前面说过，"三纲"之说是以父子、夫妇这种家庭关系为依据，以移孝作忠为目的。《封神演义》在道教思想的影响下，不仅对"忠"做了淡化改造，对"孝""悌"也提出了质疑和挑战。这突出地表现在哪吒和殷郊、殷洪的故事中。

第十二回《陈塘关哪吒出世》、第十三回《太乙真人收石矶》和第十四回《哪吒现莲花化身》以三回大书敷演哪吒出世的故事,足见哪吒其人的重要性。哪吒是灵珠子化身,"奉玉虚敕命出世,辅保明君",后来成为姜子牙的先行官,在殷周更替的动乱战斗中,发挥了极为重要的作用。哪吒出世的故事历来脍炙人口,被认为是《封神演义》中最精彩的章节。这不仅因为哪吒这个少年英雄被写得栩栩如生,其敢于斗争、勇于牺牲的精神被表现得活灵活现,还因为里面包含着向孝道这一儒家思想基石的大胆挑战。

哪吒,一个七岁顽童,打死巡海夜叉和龙王太子,又去南天门痛打上天告状的东海龙王,中间又射死石矶娘娘的徒弟,给他的生身父母惹下滔天大祸。在师父太乙真人的授意下,他"剖腹、剜肠、剔骨肉,还于父母,不累双亲",自杀身死而免父母之难。他本要受人间香火还魂再世,却被父亲李靖将泥身打碎,烧毁行宫。当他以莲花化身二度出世后,就去找李靖报仇,要杀他父亲。在连帝王都标榜"以孝治天下"的传统时代,这一情节包含的思想确实惊世骇俗。

……哪吒向前赶来。木吒上前大喝一声:"慢来!你这孽障好大胆!子杀父,忤逆乱伦。早早回去,饶你不死!"哪吒曰:"你是何人,口出大言?"木吒曰:"你连我也认不得!吾乃木吒是也。"哪吒方知是二哥,忙叫曰:"二哥,你不知其详。"哪吒把翠屏山的事细细说了一遍,"……这个是李靖的是,还是我的是?"木吒大喝曰:"胡说!天下无有不是的父母！"哪吒又把"剖腹、剔肠，已将骨肉还他了，我与他无干，还有什么父母之情！"木吒大怒曰："这等逆子！"将手中剑望哪吒一剑砍来。哪吒枪架住曰："木吒，我与你无仇，你站开了，待吾拿李靖报仇。"木吒大喝："孽障！焉敢大逆！"提剑来取。

"天下无有不是的父母""子杀父，忤逆乱伦"，这正是儒家孝道天经地义的道理。哪吒这样一个敢于"弑父"的"逆子"居然被写成精彩四射的英雄，确实大大违背了传统。虽然哪吒终于在燃灯道人的玲珑塔下屈服了，实际上李靖也做了让步。在五龙山，太乙真人当面责备李靖："翠屏山之事，你也不该心量窄小，故此父子参商。"哪吒就范于玲珑塔下是不是"封建主义的胜利呢"？自然不能这样说。这里面的问题很微妙，像父与子这样一种人际天伦关系很难做其他处理。如果真让哪吒杀死李靖就会让人感到一种人性的凶残，那就超出了人类伦理的底线。再说李靖与哪吒之间只是个人间的恩怨纠葛，李靖不是纣王那样的独夫民贼，因而也不存在"大义灭亲"的问题。

《封神演义》写到这种程度，已经表现了强烈的逆反色彩。钟惺从正统立场出发，对《封神演义》的这段情节表示不满，写了这样的评语："今归太乙、文殊、燃灯诸菩萨俱是不爽利的。哪吒浮躁，便当明白晓喻他父子兄弟之道，何故反左支右吾？令李靖狼狈，不成为父之体。此所以谓之和尚道士耳。呵呵！"这正是儒者对和尚道士、儒教对道教和佛教的反驳。

哪吒和李靖在佛教经典中能找到原型。海外学者论证"通俗小说中的托塔天王即佛书中的毗沙门天王"。[1]不空（Amogha）所译之毗沙门《仪轨》有云：

> 昔防援国界，奉佛教敕，令三子哪吒捧塔随天王。三藏大广智云：每月一日，天王与诸天鬼神集会日，十一日第二子独健辞父王巡界日，十五日与四天王集会日。二十一日哪吒与父王交塔日。

这里塔由哪吒与其父毗沙门天王轮流捧托，与《封神演义》所写不同。哪吒自杀还骨肉于父母之事则源于宋代普济《五灯会元》卷二，明代瞿汝稷所辑之《指月录》卷二亦引之：

> 那吒太子析肉还母，析骨还父，然后现本身，运大神力，为父母说法。

这里哪吒以析骨析肉为父母说法，是一种别具孝心的举动。《封神演义》却由这段记载衍化出哪吒向父亲报仇的故事，充满叛逆反抗的思想。这应该是明中叶以后"狂禅"思潮影响下的产物。

---

[1] 台静农：《佛教故实与中国小说》、柳存仁：《毗沙门天王与中国小说之关系》，台北天一出版社1970年版《中国古典小说研究资料汇编》之《封神之演化》卷。

毗沙门天王变成李靖，柳存仁认为："托塔天王李靖之名，似袭自唐初对外武功彪炳之李药师，实源于佛经四天王中之毗沙门天王（Vaisravana）。四天王之记载，见于不少佛经。""以李靖之武功，北破突厥，西定吐谷浑，史所谓古韩白卫霍何以加者，使成为新介绍来华之外来信仰中四天王（Maharaja-deva）之一人，历时既久则渐泯其与中国传统风尚不相调和之迹而益增其可以华化之处，此固宋明以还说部传奇之功绩。"

《西游记》第八十三回也提及哪吒与父亲冲突的故事，但化解冲突的是如来佛：

> 原来天王生此子时，他左手掌上有个"哪"字，右手掌上有个"吒"字，故名哪吒。这太子三朝儿就下海净身闯祸，踏倒水晶宫，捉住蛟龙要抽筋为绦子。天王知道，恐生后患，欲杀之。哪吒奋怒，将刀在手，割肉还母，剔骨还父；还了父精母血，一点灵魂，径到西方极乐世界告佛。佛正与众菩萨讲经，只闻得幡幢宝盖有人叫道："救命！"佛慧眼一看，知是哪吒之魂，即将碧藕为骨，荷叶为衣，念动起死回生真言，哪吒遂得了性命。运用神力，法降九十六洞妖魔，神通广大。后来要杀天王，报那剔骨之仇。天王无奈，告求我佛如来。如来以和为尚，赐他一座玲珑剔透舍利子如意黄金宝塔，——那塔上层层有佛，艳艳光明。——唤哪吒以佛为父，解释了冤仇。所以称托塔李天王者，此也。

这与《封神演义》中的情节大同小异，究竟谁抄谁，当然以《西游记》与《封神演义》成书先后的学术立场而有不同看法。哪吒生而为肉球亦有渊源，《佛国记·毗舍离国·塔条》：

> 恒水上流有一国王，王小夫人生一肉胎。大夫人妒之，言汝生不祥之征，即盛以木函，掷恒水中。下流有国王游观，见水上木函，开看，见千小儿端正殊特，王即取养之。遂便长大，甚勇健，所往征伐，无不摧伏。次伐父王本国，王大愁忧。……

生育肉球一类怪胎，中外都不是绝无仅有，因而在传说故事中就成了神话幻想。华夏文化中也有这种例子。如《新编五代史平话》卷上写黄巢出世也是"生下一物，似肉球相似，中间却是一个紫罗复裹得一个孩儿"。不过《佛国记》写小儿长大后"伐父王本国，王大愁忧"与哪吒、李靖父子参商颇为类似。

哪吒乃灵珠子化身，二次还魂又莲花化身。柳存仁寻绎出两个出处颇为有趣。《四游记》中的《南游记》第二回《灵光在斗梓宫投胎》写华光降生：

> 却说灵光上路，正走之间，被紫微大帝用九曲珠法，走转灵虚殿，来见大帝。大帝曰："你这畜生，焉敢胆大，偷我金枪，放走二妖！好生把金枪还我便罢，如若不然，少刻间叫你死在珠内。"光曰："我何曾见你金枪？"大帝曰："你令家人先拿回家去，何敢瞒我！"灵光再三不招。大帝大怒，

> 念起咒来,即把灵光困死于九曲珠内,把这朵灵光撇在半空,飘飘荡荡,无处依倚。有八景宫大惠尽慈妙乐天尊,正在打坐,忽见半空中一朵灵光,左冲右突,无拘无束。天尊自思,不免用手招招他来,送往斗梓宫赤须炎玄大王那里去投胎,有何不可?

柳存仁认为,《封神演义》中哪吒之所以是灵珠子化身其实正是从这里的"灵光""九曲珠"点化而来,这的确独具只眼。而哪吒之莲花化身,则可以追溯到《大方便佛报恩经》卷三之《议论品》,其中说波罗乃国王娶一鹿母夫人,夫人产一莲花,弃花池中,莲花得五百叶,每叶下生一男儿。后五百子俱大,皆力敌千人。其长男至四百九十九男俱出家,而最幼之儿,逾九十日亦得辟支佛道,为父母现大神变。总之,即使就哪吒出世故事而言,也可见《封神演义》的渊源是以道教为核心的道、儒、佛三教的混融。

殷郊、殷洪的故事也很值得玩索。他们兄弟二人是纣王之子,纣王听信妲己之言害死他们的母亲姜皇后,又要斩杀他们,阐教神仙广成子、赤精子救他们上山,收为徒弟。后来殷洪和殷郊先后奉师命下山助周伐纣,行前发誓,如改变念头,则受天谴。可是他们下山后受申公豹教唆,违背誓言倒戈反周,最后都受到惩罚,应了验,殷洪化为飞灰,殷郊受犁锄而死。尽管纣王是暴君独夫,但公然鼓励儿子弑父,这无论如何不符合儒教的道德观念。正如申公豹所言:"虽纣王无道,无子伐父之理。……听何人之言,忤逆灭伦,为天下万世之不肖……"纣王杀子,虽然也灭绝纲常,但"父

叫子亡,子不得不亡",而以子杀父,则是大逆不道。这正是传统时代的"大道理"。钟惺有两段评语正是说的这个理:

> 殷洪对师发誓,言犹在耳,申公豹浮言安得插入。况当日亲见杀母,几遭刑戮,岂得一旦忘之哉!但申公豹之言,皆在天伦至极之处打转他,他不得不为之转念耳。

> 殷洪乃纣王之子,岂得概以违天论之。虽纣恶贯盈,而殷洪罪不应此,岂得定报之如誓当日?

《封神演义》中的道教神仙们公然鼓吹"父无道则子杀父有理",以"顺天应人"否定儒教孝道,实在是非常大胆的思想。道教对儒教的这种冲击得到一而再再而三的表现。第二十九回写崇黑虎"大义灭亲",捉拿兄长崇侯虎献往周营,违背了儒教"悌"的伦理原则。儒家的化身周文王对崇黑虎的行为很不以为然:"是你一胞兄弟,反陷家庭,亦是不义。"道教的代表姜子牙则予以赞扬:"贤侯大义,恶党剿除,君侯乃天下奇丈夫也!""崇侯不仁,黑虎奉书讨逆,不避骨肉,真忠良君子,慷慨丈夫。古语云:'善者福,恶者祸',天下恶侯虎,恨不得生啖其肉,三尺之童,闻而切齿。今共知黑虎之贤名,人人悦而心服。故曰:好歹贤愚,不以一例而论也。"儒家说"不义",道教却说"大义",其圆凿方枘昭然可见。

杀父、杀兄而外,《封神演义》又以赞扬的态度写杀君王:

> ……纣王将比干心立等做羹汤，又被夏招上台见驾。纣王出见夏招。见招竖目扬眉，圆睁两眼，面君不拜。纣王曰："大夫夏招，无旨有何事见朕？"招曰："特来弑君！"纣王笑曰："自古以来，那有臣弑君之理！"招曰："昏君，你也知道无弑君之理！世上那有无故侄杀叔父之理？比干乃昏君之嫡叔，帝乙之弟，今听妖妇妲己之谋，取比干心作羹，岂非弑叔父？臣今当弑昏君，以尽成汤之法！"便把鹿台上挂的飞云剑掣在手中，望纣王劈面杀来。（第二十七回）

> ……武王对众诸侯曰："今日这场恶战，大失君臣名分，姜君侯又伤主上一鞭，使孤心下甚是不忍。"姜文焕曰："大王言之差矣！纣王残虐，人神共怒，便杀之于市曹，犹不足以尽其辜，大王又何必为彼惜哉！"（第九十六回）

《红楼梦》里贾政打贾宝玉，对劝解的众门客发话："……明日酿到他弑君杀父，你们才不劝不成！"这一段描写历来被称赞为表现了封建卫道者和封建叛逆者之间的严重冲突，有强烈的反传统色彩。《封神演义》却实实在在写到"弑君杀父"，并予以表扬赞美。这在《武王伐纣平话》里已经滥觞，而且表现得更彻底。在《平话》里纣王之子殷交（郊）梦见神人赐他"破纣之斧"，"入华山中聚兵，一心待破无道之君"，而最后又与太公、武王联手擒捉纣王，并亲自斩杀，纣王竟被杀于亲子之手：

太公传令,教建法场。大白旗下斩纣王,小白旗下斩妲己。帝问曰:"教甚人为刽子。"问一声未罢,转过殷交来:"奏陛下,小臣愿为刽子。陛下听吾诉之曰:纣王昔信妲己之言,逐臣到一庙,似睡朦胧,(梦神人——引者拟补)赐臣一杯酒,饮之力如万人;又赐臣一具百斤大斧,教斩无道之君。以此神祇所祝,臣合为刽子。"武王曰:"据有此事,依卿之言。"

武王并众文武,尽言无道不仁之君,据此合斩万段,未报民恨。言罢,一声响亮,于大白旗下,殷交一斧斩了纣王。

这种描写表现了元代人思想的解放和大胆,弑君杀父集于一人之身,真是"无父无君"。元代是一个很特殊的时代和社会,有一种"浪子风流、隐逸情调和斗士精神融会而成的反抗叛逆的时代精神","是明中叶以后思想解放运动的先声"[1],《封神演义》对《武王伐纣平话》叛逆思想的继承为此说又提供了一个佐证。

总之,《封神演义》的思想是以道教思想为主体,吸收改造了儒、佛二教,形成一个开放性的道、儒、佛三教融会的艺术载体。

---

[1] 梁归智:《浪子·隐逸·斗士》,《光明日报》1984年9月4日《文学遗产》专栏第653期。

诗化哲学在东土

《封神演义》的核心是神仙意境，用更具理论色彩的语言说，则是诗化哲学。

这是打有鲜明的中华文明印迹的东方诗化哲学，根基深厚，余韵绵远。《论语》里记载孔子的话："兴于诗，立于礼，成于乐。"由此可见孔子对通过艺术活动，将人生的最高价值在审美中予以实现有高度的自觉。"乐"对于孔子的精神生命异常重要，他的一生，几乎日日弦歌，只有在特别悲伤的少数日子才破例。"子于是日哭，则不歌。"（《论语·述而》）即使在被困于陈蔡之野，有生命危险的时候，孔子仍然"讲诵弦歌不衰"（《史记·孔子世家》）。《礼记·檀弓》记孔子于将死之前，犹有泰山、梁父之歌。

孔子是继承发扬了古代传统的。传说周公制礼作乐，而《周礼·春官宗伯》说到古代的"乐教"，要以"乐德""乐语""乐舞"来教习"国子"，使他们的道德、言语、举止都符合"成均之法"。"成均之法"的"均"就是"调"的意思，即指对音乐各要素的调和。孔子最欣赏的人生境界是审美的境界，所谓"莫春者，春服既成，冠者五六人，童子六七人，浴乎沂，风乎舞雩，咏而归"（《论语·先进》）。

不过，早期儒家的这种艺术精神后来几乎完全泯灭了，因为

神仙意境

儒家思想在汉武帝以后成了专制统治的主流意识形态，此后两千年中，更多地发展了压抑人性自由的层面。"老、庄思想当下所成就的人生，实际是艺术地人生；而中国的纯艺术精神，实际系由此一思想系统所导出。"[1]艺术地人生，就是诗意地栖居。"……人诗意地栖居在大地上"，这是德国诗人荷尔德林的名句，海德格尔不断地提到和阐发这句诗，把它抬到了极高的地位，认为这是人生的根基。中国文化主要在道家思想传统的浸淫下，是最懂得诗意地栖居的，实际上形成了一种独特的诗化哲学。这种诗化哲学有三个最基本的层次，就是虚静、游和妙。

老子说："致虚极，守静笃。"（十六章）只有虚静，才能"涤除玄鉴"（十章），即达到内在的清明灵境和活泼泼的生命。我们在前面的章节讨论过，老子的这种"尚雌""守柔"的哲学源于女阴生殖崇拜，所谓"牝常以静胜牡""归根曰静"。庄子发展了老子的思想，"唯道集虚；虚者，心斋也"（《人间世》）。"心斋""坐忘""丧我""虚己""物化"。这种崇尚虚静的思想其他先秦诸子也有表露，虽然不如道家突出和典型。如荀子的"虚壹而静"，向往心灵的大清明；《韩非子》中也有："思虑静则故德不去，孔窍虚则和气日入。""虚则知实之情，静则知动之正。"

达到"虚静"的心态，则可以解脱来自主观客观两方面的束缚，"去物""去我"，最大限度地获得心灵自由，释放主体能量。这时

---

[1] 徐复观：《中国艺术精神》，春风文艺出版社1987年版，第41页。

就可进入第二个层次——游。

儒家就有"游"的意识:"志于道,据于德,依于仁,游于艺。"(《论语·述而》)《礼记·学记》阐释说:"不兴其艺,不能乐学。故君子之于学也,藏焉修焉,息焉游焉。"但庄子对"游"体验得更深刻、更通灵,更具宇宙意识和哲学意味。庄子大谈"逍遥游",他一以贯之的思想是"乘天地之正,而御六气之辩,以游无穷"。"游"在庄子这里是一种精神自由——审美愉悦。《逍遥游》中层层推衍,展示出"游"的各种层次和境界。"腾跃而上,不过数仞而下,翱翔蓬蒿之间"的斥鷃之游,"翼若垂天之云,抟扶摇羊角而上者九万里,绝云气,负青天"的鲲鹏之游,"御风而行,泠然善也"的列子之游都"有所待",只有"无待者"圣人、神人、至人是"游"的极致境界。游就是自由,自由才是大美,因为这种"逍遥游"已经"与道为一",感受到了"道"的生命韵律而体味到美。由虚静的观照达到游的生命体验,所以宗白华说静穆的观照和飞跃的生命是中国艺术的二元。

这样也就进入了"妙"的境界。还有什么比宇宙之间的生命律动更能让人感到"妙不可言""莫名其妙"呢?可是,当人自"游"入"妙",与生生不已的宇宙融为一体,和谐无间,就自然而然体会到宇宙之妙、生命之妙。所谓"一若志,无听之以耳而听之以心,无听之以心而听之以气。听之以耳,心止于符。气也者,虚而待物者也。"(《庄子·人间世》)正是虚静而游,游而妙的描绘。宗炳的故事也是一个"妙"例。他"以疾还江陵。叹曰:'老病俱至,名山恐难遍睹,唯当澄怀观道,卧以游之。'凡所游履,皆图之于

室。谓人曰：'抚琴动操，欲令众山皆响。'"（沈子丞《历代论画名著汇编》）

这就是诗意地栖居，艺术化的生存方式，它造就了两千年来弥漫中国文人心灵的山水清兴，隐逸幽趣。所谓"消遥仿佯于尘埃之外，超然独立，卓然离世，此圣之所以游心。"（《淮南子》）"目送归鸿，手挥五弦。俯仰自得，游心太玄。"（嵇康《赠秀才入军》）以及陶渊明的名句："采菊东篱下，悠然见南山。""此中有真意，欲辩已忘言。"逍遥自在，悠然自得，与道合一，得意忘形，此所谓妙趣横生，妙哉妙哉！

到了唐代，这种"以玄对山水"的审美自觉化为诗人和艺术家自然的审美胸襟，道家思想真正融入中国艺术家人格中的深层意识，吟咏点画，自然流出。这是一种人对自然不但认识到其中的美，而且能够进而与之合一，忘记它的美而相互亲近、顾念、抚爱，与之共生息的境界，真正的异质同构，天人合一。袁枚《峡江寺飞泉亭记》把这种境界描绘得颇为生动："人可坐、可卧、可箕踞、可偃卧、可放笔研、可瀹茗置饮。……取九天银河置几席间作玩。……僧澄波善弈，余命霞裳与之对枰。于是水声、棋声、松声、鸟声，参错并奏。顷之，……吟咏之声，又复大作。天籁人籁，合同而化。不图观瀑之娱，一至于斯，亭之功大矣！"在高山流水之间啸歌、吟咏、抚琴、敲棋、采药、摘花、谈玄、论剑……这种幽人逸事雅韵宣染出诗意的氛围，成为荣华富贵、红尘世俗的对立物，就是道家隐逸文化诗意地栖居，也就是臻于"妙"境。

《封神演义》的神仙意境有相当一部分内容直接表现这种诗化

哲学。

第五回云中子对纣王大谈"但观三教,惟道至尊":

……乐林泉兮绝名绝利,隐岩谷兮忘辱忘荣。顶星冠而曜日,披布衲以长春。或蓬头而跣足,或丫髻而幅巾。摘鲜花而砌笠,折野草以铺茵。吸甘泉而漱齿,嚼松柏以延龄。高歌鼓掌,舞罢眠云。遇仙客兮,则求玄问道;会道友兮,则诗酒谈文。笑奢华而浊富,乐自在之清贫。无一毫之挂碍,无半点之牵缠。或三三而参玄论道,或两两而究古谈今。究古谈今兮叹前朝之兴废;参玄论道兮究性命之根因。任寒暑之更变,随乌兔之逡巡。苍颜返少,发白还青。……

第五十回破黄河阵,赤精子作歌而出:

高卧白云山下,明月清风无价。壶中玄奥,静里乾坤大。夕阳看绮霞,树头数晚鸦。花阴柳下,笑笑逢人话;剩水残山,行行到处家。凭咱茅屋任生涯,从他金阶玉露滑。

第四十八回陆压道人破烈焰阵时也作歌:

烟霞深处运元功,睡醒茅庐日已红,翻身逃出尘埃境,把功名付转蓬。受用些明月清风。人世间,逃名士;云水中,自在翁,跨青鸾游遍山峰。

神仙意境

这些诗歌展示的意境并没有多少神怪的气氛,就是道家文化衍生的隐逸情调。"乐林泉兮绝名绝利""高卧白云山下""睡醒茅庐日已红",这是"虚静";"遇仙客兮,则求玄问道""剩水残山,行行到处家""跨青鸾游遍山峰",这是"游";而由虚静与游生成的整体情调就是超脱无碍,与道合一,自在潇洒的"妙"。虚静—游—妙,这就是中国的诗意化栖居。

隐逸进一步,是神仙;道家进一步,是道教。道家与道教的同异、纠葛,前面的章节已经论说过。它们的共同之处是对生命和自由(逍遥)的肯定。在生命和自由追求的背后,是审美的氛围,诗意的光照。由道家演变为道教,"虚静"变成实实在在的炼内丹,所谓"坐中辛苦""默语是神仙";"游"则变成腾云驾雾、驾遁光、纵地金光法、跨青鸾骑白鹿,咫尺千里,随心所欲;"妙"更变成各种异想天开的神通、法术和宝贝。

李约瑟在《中国科技史》中说:"的确,道家'游于无穷'的思想与巫师传统几乎如出一辙。Eliade 在巫师研究中指出:云游飞升,腾云驾雾等等,皆是亚洲巫师思想和信仰的特色。"道家和巫术都是道教的渊源,道教比起道家来,缺少了理论思辨的发人深省,多了神怪荒诞的引人入胜。虚静、游、妙,都"落实"了,哲学变成宗教,玄思变成神话,隐逸变成神仙,对宇宙生命律动的体验变成长生不老、白日飞升的幻想。

尽管有这些质的变化,其"根柢""底色""背景"是一脉相通的,仍然是逍遥自由,生命愉悦,诗意审美。这也就是何以说道教具有浪漫主义的特征,在风流、浪漫的初、盛唐时代形成了道教热;

以及说道教是审美型的宗教,对"形神""意境"和"气韵生动"等古代的审美范畴都发生了强烈影响的原因,所谓"道教是审美型的宗教,这是道教不同于其他宗教的特殊性。道教的这一特殊性的获得,正在于道教的上述社会力与自然力的虚幻实现,其所采用的基本实现形式,是世界上大部分其他宗教所难容的现实感性形式。而这种形式的获得,则离不开道教的特殊属性——真幻结合的此岸性。"

《封神演义》里的神仙们住在仙山洞府,飘逸幽雅,诗意盎然。前面的章节已经引到过,下面再举二例:

> 只说申公豹跨虎往三仙岛来报信与云霄娘娘姊妹三人。及至洞门,光景与别处大不相同。怎见得:
>
> 烟霞袅袅,松柏森森。烟霞袅袅瑞盈门;松柏森森青绕户。桥踏枯槎木,峰巅绕薜萝,鸟衔红蕊来云壑,鹿践芳丛上石苔。那门前时催花发,风送香浮,临堤绿柳啭黄鹂,旁岸夭桃翻粉蝶。确然别是洞天景,胜似蓬莱阆苑佳。(第四十九回)

> 羽翼仙……一翅飞起来,至一座山洞,甚是清奇。怎见得,有赞为证:
>
> 高峰掩映,怪石嵯峨。奇花瑶草馨香,红杏碧桃艳丽。崖前古树,霜皮溜雨四十围;门外苍松,黛色参天三千尺。双双野鹤,常来洞口舞清风;对对山禽,每向枝头啼白昼。

簇簇黄藤如挂索,行行烟柳似垂金。方塘积水,深穴依山。方塘积水,隐千年未变的蛟龙;深穴依山,生万载得道之仙子。果然不亚玄都府,真是神仙出入门。(第六十二回)

像这一类的描写在《封神演义》里有好多处,说明其作者对山水自然和隐逸之趣味沉溺很深,确实到了"藏焉修焉,息焉游焉"的地步。神仙们修炼成了超人的本领,他们的"游"比起一般的隐士们自不可同日而语,确是"御风而行,泠然善也",忽然而来,倏然而去,极尽潇洒飘逸之能事。

子牙吩咐已毕,随驾土遁,往昆仑山来。怎见得,有诗为证:
玄里玄空玄内空,妙中妙法妙无穷。
五行道术非凡术,一阵清风至玉宫。(第三十七回)

九位道人辞了闻太师,借水遁先往西岐而来。怎见得,有诗为证:
天下嬉游半月功,倏来倏去任西东。
仙家妙用无穷际,岂似凡夫驾彩虹。(第四十三回)

太师随上墨麒麟,挂金鞭,驾风云,往罗浮洞来。正是:
神风一阵行千里,力显玄门道术高。(第四十六回)

杨戬……即时离了玉虚,径往灵鹫山来。好快!正是:

> 驾雾腾云仙体轻，玄门须仗五行行。
>
> 周游寰宇须臾至，才上昆仑又玉京。（第六十三回）

道家的"逍遥游""游心太玄"被具体化了，这就是道教的"此岸性""实用理性"的体现。至于"妙"成为神通、法术和宝贝的变幻多姿，成为永生、自由和享乐的追求，因已有专章论及，这里不再具引，可以明白，那同样是道家向道教的移花接木。道教给中国古典文学提供了丰富的意象，而且强烈地刺激了文学的想象力，这在《封神演义》里表现得再明显不过了。

这些意象和想象源于道家又不全是道家，而有发展变化。有研究者说，道教常常窃取老庄的话头，却又常常与老庄不同。《庄子》要求人们"心斋""坐忘"，是追求一种空灵纯净而透明的心理境界，而道教虽然也讲"心斋"，却恰恰要人"坐驰"——正如《太平经抄》癸部所说："及其瞑目而卧，光景内藏，所念得之，但不言。"道教的"存想思神"就是如此。道教与禅宗也不一样，虽然它们都是宗教，也都讲"内视反听"，但禅宗追求的是"本心清净"，注重的是一种纯精神的运动，而道教则是想象神的模样，追求一种在欲望支配下的迷狂的幻觉。

这种说法有其一定的合理性，但也应该看到，道教毕竟还是道家的精神继承人，只是把它实际化、此岸化了，而最核心的情调意象——诗意地栖居却是大同小异的。在《封神演义》中，虚静、游、妙都情节化、神异化、通俗化了，十分形象生动地显示了道家—道教的文化、审美投影。

诗化哲学是为人的生存提供价值和意义。18世纪末、19世纪初,从德国滥觞,扩展到英国、法国、美国以至整个欧洲,发生兴起了一股强大的浪漫主义思潮,浪漫精神从此深入西方各民族的心灵,尤其在德国,形成了美学上一条重要的思想传统,即浪漫美学传统。从康德、席勒、费希特开始把纯粹道德的自我理性化、思辨化,上升为本体论意义上的意志,到谢林、施莱尔玛赫、辛克莱尔、诺尔格等浪漫派哲学家把自我、直觉、情感作为自己哲学的重要根据,推演出许多理论。早期浪漫派诗群中的诗哲F.施勒格尔、诺瓦利斯、克莱斯特、蒂克尔激情追求诗化的世界,竭力反对功利化、机械化的世界。浪漫哲学(泛美学化的哲学)和浪漫美学(诗化哲学)由此诞生。

此后经过叔本华、尼采的极端推演,转由狄尔泰、西美尔做了新的表达。第一次世界大战前后,里尔克、盖奥尔格、特拉克尔、黑塞等新浪漫派诗哲们又以哲理性的诗文继续追问浪漫派关心的问题。第二次世界大战以后,海德格尔的解释学,马尔库塞、阿多尔诺的新马克思主义又推波助澜,达到一个新高潮。

浪漫哲学、诗化哲学始终忧心忡忡地盯视着人类文明发展的二律背反:科学技术、工业文明使人类社会进入更舒适、更有保障、更有生存主动性的历史阶段,人类具备了更强大的生存能力,拥有了空前丰富的物质财富,同时,科学技术和工业文明反过来又成了一种异己的客观力量,戕害、窒息着人的生存价值和意义。计算机、空调卧室、豪华轿车与战争、吸毒、自杀共荣,探索宇宙的宇宙飞船和毁灭人类的核武器并存。人类文明越发展,人的价值和意义似乎越遭到亵渎。高度自动化的工商业社会中个人越来越成了飞速运转机器上不由自主的零件、螺丝钉。一切都成了商品，包括原来无比崇高的一切，如文学、艺术、爱情等等。人与人之间愈来愈隔膜，人变得日益孤独。越是高度发达的社会，自杀率越高。

诗化哲学力图扭转乾坤，为科技、工业文明带来的人的精神沉沦提供拯救，因而，一百多年来，浪漫美学传统总是围绕着三个主题打转：一、人生与诗的合一论。人生应是诗意的人生，而不应是庸俗的散文化；二、精神生活应以人的本真情感为出发点，智性是否能保证人的判断正确大可怀疑。人应以自己的灵性作为感受外界的根据，以直觉和信仰为判断的依据；三、追求人与大自然神秘的契合交感，反对技术文明带来的人与自然的分离和对抗。在这些主题下面，深藏着一个根本的主题：有限的、夜露销残一般的个体生命如何寻得自身的生存价值和意义，如何超越有限与无限的对立去把握超时间的、永恒的美的瞬间。这就要追思人生的诗意，要回归人的本真情感的纯化。[1]

比较起来，中华先哲们是远为先知先觉的。辩证法的思想在中华文明中极其发达。我们祖先早已敏感地预见到这种历史的二律背反。"五色令人目盲；五音令人耳聋；五味令人口爽；驰骋畋猎令人心发狂；难得之货令人行妨。是以，圣人为腹不为目。故去彼取此。"（《老子》十二章）"大道废，有仁义。慧智出，有

---

[1] 参见刘小枫：《诗化哲学》，山东文艺出版社1986年版，第11页。

大伪。六亲不和,有孝慈。国家昏乱,有忠臣。"(《老子》十八章)"有机械者必有机事,有机事者必有机心。机心存于胸中,则纯白不备;纯白不备,则神生(性)不定,神生(性)不定者,道之所不载也。"(《庄子·天地》)"故绝圣弃智,大盗乃止;擿玉毁珠,小盗不起;焚符破玺,而民朴鄙;剖斗折衡,而民不争。"(《庄子·胠箧》)

这当然有所谓"倒退的历史观"问题。不过,任何一种思想都是有两面性的。西方的浪漫派哲人们也是如此,对人类文明的发展焦虑不安,悲观失望。关键在于,他们的迫切关怀确有其现实的根据,人类的确在收获科学技术的红利之时不得不同时吞咽苦果。主要受老庄道家思想浸淫,中华文明对这一点感觉得更早,更敏锐,更彻底,因而对诗化的人生——诗意地栖居更执着,真可谓融化在血液中,成了一种最基本的文化品格。

但中华与西方,却各有各的诗化哲学,迥不相侔。刘小枫认为,中华诗化哲学的代表魏晋浪漫精神与西方诗化哲学的代表德国浪漫精神在一个至关重要的根本点上是不同的,即魏晋浪漫精神提倡非主体性(无我),德国浪漫派则千方百计要确立主体性。中国浪漫精神不重意志,不重渴念,不重消灭原则的反讽,而是重人的灵性、灵气,这与德国人讲的神性有很大差别。它是一种温柔的东西,温而能厉,威而不猛,恭而能安。中国浪漫精神所讲的综合就不像德国浪漫精神所讲的综合那样,以主体一方吃掉客体(对象)一方,而是以主体的虚怀应和客体的虚无。所以才有大量的把人物品格与自然景物相比拟的词句,如"劲松下风,云中白鹤"

等。德国浪漫派美学的意志、渴念与绝对主体结合在一起,以主体吃掉客体。由此推导下去,任何一个人都可以把自己作为主体,把其他人都作为客体去消灭。这将是可怕的理论,走到诗意化、浪漫化的反面。应该企求中国浪漫精神中提倡的灵性、灵气、温柔恭敬的气质。这才是真正的诗意化、浪漫化。正如马尔库塞所说,人类的解放应是自由女神走在前面。她高举着自由的大旗,敞开洁白的胸脯冲锋陷阵。那是伟大的母性的柔爱,是女性的接受性,是少女般的宽容,是情人的自我献身精神。

马尔库塞所说的"自由女神"似乎确实可以和道家的"守雌""牝常以静胜牡"的母性崇拜挂上钩。不过,这里面还是有根本的不同,不可以偏概全。二者根本的不同是对爱欲的态度迥异。马尔库塞认为只有爱欲的全面解放才能消除文明的弊病,而道家思想的基础是由性崇拜到性恐惧再到性化解。在前面的章节里我们曾论述过道家—道教思想的演变。西方浪漫哲学、诗化哲学始终以爱为理论出发点,而爱又是植根于性的。现实生活的艺术化、诗化是让整个生活世界罩上一个虔敬的、富有柔情的、充满韵味的光环,使人摆脱那种没情感的冷冰冰的金属环境。理念生活和人的生活之间,存在着一条鸿沟,只有诗的彩虹和爱情才能在上面架起桥来。诗的语言也就是爱的语言。整个生活世界存在的意义都在一种爱和灵之中。谢林曾说:"灵魂不是生硬的、没有感受性的,更不会放弃爱,她倒是在痛苦中表现爱,把爱表现为比感性的此在更加青春永驻的情感;这样,她便从外在生命或废墟上升起,显现为神奇的灵光。"[1]这种以爱的泛化为核心的诗化哲学是希腊、希伯来"两希文化"的产物。而道家—道教系统的诗化哲学,是道儒互补的中华文化的结果,如我们在前面的章节所论述的,它恰恰是以排除爱欲为特征的。

因此,当刘小枫认识到这一点时,他就以《拯救与逍遥》[2]否定了《诗化哲学》,从中学本位的立场转变为西学本位。他说:"荷尔德林和陶渊明的路向把这样一个问题突出出来了:是否隐遁避世的生活方式就必然要否定价值的形态? 隐逸是否就必然推导出对任何价值的否定? 在道家诗人看来,否定价值形态是不可避免的合乎天意的;但在荷尔德林看来正好相反。""无论如何,中国诗人(不止陶渊明一人)在隐逸中得到了解脱,生命找到了根基,拈花微笑,恬然自乐,尽管这种由冷却了的灵魂发出的微笑多少有些奇怪。人们可以问,石头心肠会达到极乐吗?"[3]而西方的诗人,则肯定爱的价值,认为诗意地栖居是以爱的光照为根基的。

但是,西方的"两希互补"文化也不是完美无缺的。在神性与人性的反复互相批判中,爱的价值获得不同的理解和解释。尤其是爱与性的悖论,更成了西方文化越陷越深、无以自拔的魔鬼的泥沼。罗洛·梅在《爱与意志》中说:"当我们丧失了爱的价值与意义时,我们往往更迫不及待地乞灵于性的研究、统计和技术

---

[1] 谢林:《艺术哲学文选》,1982年德文版,第78页。
[2] 刘小枫:《拯救与逍遥》,上海人民出版社1988年版。
[3] 同上书,第254页。

援助。不管金赛(Kinsey)、马斯特斯(Masters)和约翰逊(Johnson)的研究本身有无价值,它们作为文化征兆至少显示出:在这样一种文化中,爱的个人意义业已急剧丧失。爱在过去一向被视为一种原动力,一种我们可以依靠它推动我们走向人生的力量。但在今天,巨大的转变表明:这种原动力本身已经成为问题。爱已经对它自身构成一个难题。"[1]"在这种对技术的狂热崇拜中,人们谈论起做爱时的体会,所问的典型问题并不是在这种关系中有没有激情、意义或乐趣,而是自己的床上功夫表演得怎么样。"[2]"伴随性解放而来的真正问题,不是性器官和性功能本身的问题,而是人的人性的问题。"[3]"随着生命科学的高速发展,我们性命攸关的人性素质完全可能丧失。"[4]

面对这种文化悖论,罗洛·梅提出了自己的解决方案,那就是严格区分爱欲和性欲,并高扬"意志",希望由此能达到"在爱与意志的每一个行动中,我们都同时既塑造着我们生活的世界,又塑造着我们自己。而这,也就是孕育和拥抱未来的全部含义"[5]。这种理想色彩很浓的目标是不是能够实现呢?现实的回答似乎并不乐观。爱欲和性欲在西方文明中有着剪不断、理还乱的维系,而工业技术文明带来的种种异化并无丝毫缓解的迹象。这已是无

---

[1] 罗洛·梅:《爱与意志》,国际文化出版公司1987年版,第2、3页。
[2] 同上书,第37页。
[3] 同上书,第60页。
[4] 同上。
[5] 同上书,第372页。

法改变的悖论：人类越攀登上科学技术的高峰，也就越陷入荒谬、冷漠、孤独的深渊，越为人性的异化所压迫，越企图从性爱中获得解脱，越是沉溺于性的享乐，性欲和爱欲的分离越是严重。深刻的矛盾根植于西方文化自身，不跳出西方文化的圈子恐怕永远也找不到医治文化痼疾的灵丹妙药。西方的诗化哲学至多能够提供一剂止痛药，却无力起死回生。

但是否因此就可以说，中华文化是尽善尽美的呢？Nothing is perfect. 西方人的这句谚语还是有道理的，世界上没有任何东西十全十美。中华文化又有另外的问题，其核心是对人性自由的忽视。学术界对此已经谈过很多。即以《封神演义》而言，这种缺陷也很明显。作为传统文化在通俗文学层面的生动体现，无论女娲、妲己故事所表现的性畏恋情结，还是道家道教故事反映的神仙情结，都显示儒道互补结构的中华文化是以摒弃爱欲为特征的，如前所述，对爱欲的禁忌却又源于性和生殖崇拜。

这种文化思路同样有其非常不可爱甚至荒谬的一面。《封神演义》有一个情节是儒教化身的大圣人周文王生了九十九个儿子还不满足，又收雷震子为义子以凑够百数。这不正是由生殖崇拜而演变为多子多孙、传宗接代，性爱"钝化"为生殖的儒家思想的艺术折射吗？这已经预示了今日中国的人口爆炸。《封神演义》中只有婚姻和色情，而没有爱情。前者如姜子牙娶马氏、洪锦娶龙吉公主，后者如纣王宠妲己、土行孙色邓婵玉。神仙们已彻底消灭情欲爱欲更是天经地义。这种对人性的忽视也正是中华文化的一种特色，其历史的阵痛今天仍时时发作。

同时，也正是这种摒弃爱欲的、轻视人性自由发展权利的文化孕育产生了中华的诗化哲学。从道家到道教，以及中国化的佛教禅宗，始终提供着诗意化栖居的绿荫，进而脱离宗教的外壳，渗透、融化到整个民族的文化心理结构和日常生活之中，成为中国人独有的"生活的艺术"。虚静—游—妙，人与自然契合相悦，天人合一。"山林欤！皋壤欤！使我欣欣然而乐欤！"（《庄子·知北游》）"随缘随分出尘林，似水如云一片心。两卷道经三尺剑，一条藜杖五弦琴。"（《封神演义》第五回）"会得阳丹物外玄，了然得意自忘筌。应知物外长生路，自是逍遥不老仙。"（《封神演义》第四十七回）在美丽的大自然中超脱无为，散淡逍遥，炼气养生，追求肉体与灵魂的永生不灭，深入宇宙和生命的至深至秘之中。这是中国的诗化哲学，中国的诗化人生。中国的神仙有自己的魅力，《封神演义》中的神仙意境是这种中华诗化哲学通俗的文学体现。

在人类正为自己理性的异化物——科技文明深深困扰，惶惶然四处寻觅精神家园的今天，中华的诗化哲学至少提供了某种启示。我们企盼东方与西方，中华与欧美，两种不同的文明、不同的诗化哲学取长补短，互相碰撞、融会、结合，说不定会产生"杂交优势"，使人类获得一种新的希望。在这个意义上，让我们以饶有意味的眼光重新打量《封神演义》。

附录一 《封神演义》的学术考察

《封神演义》像许多其他中国古典小说一样,有一个故事的演变发展过程。故事的构架和枝叶,可以追溯到《尚书》《吕氏春秋》《史记》和《帝王世纪》等先秦两汉古籍。如《尚书》中《武成》篇有一句:"唯尔有神,尚克相予,以济兆民,无作神羞。"说周武王求助于鬼神讨伐殷纣。这已经是一个神话传说。《孟子》云:"尽信《书》,则不如无《书》。我于《武成》,取二三策而已矣。"专家们且认为《武成》篇经东晋人改窜。又如《逸周书》之《克殷篇》说周武王攻四方,凡憝国九十有九国,馘魔亿有十万七千七百七十有九,俘人三亿万有二百三十。这里把魔与人分说,已经具备神魔打斗的雏形。

再如姜子牙封神之说,也可以在古籍中找到蛛丝马迹。《史记·封禅书》已经记载秦始皇东游海上,祭祀名山大川及八神。八神古已有之,可能就是姜太公封神之说的由来。《太公金匮》则记下这样的故事:

> 武王伐纣,都洛邑。海内神相谓曰:"今周王圣人,得民心乎!当防之,随四时而风雨。"阴寒雨雪十余日,深丈余。甲子平旦,有五丈夫乘车马,从两骑止门外,欲谒武王。武

王将不出见，太公曰："不可。雪深丈余，而车骑无迹，恐是圣人。"王使太师尚父谢五丈夫曰："宾幸临之，失不先问，方修法服。"太师尚父乃使人持一器粥，开门而进五车两骑，曰："王在内，未有出意。"时天寒，故进热粥以御寒，未知长幼从何起？两骑曰："先进南海君，次东海君，次西海君，次北海君，次河伯、雨师、风伯。"粥毕，使者具以告尚父，尚父谓武王曰："客可见矣。五车两骑，四海之神与河伯、雨师耳。"王曰："不知有名乎？"曰："南海之神曰祝融，东海之神曰勾芒，北海之神曰玄冥，西海之神曰蓐收。河伯名为冯夷，雨师名咏，风伯名姨。请使谒者各以其名召之。"武王乃于殿上，谒者于殿下，门外引祝融进，五神皆惊，相视而叹！祝融拜武王曰："天阴乃远来。"何以告之？皆曰："天伐殷立周，谨来受命，愿敕风伯、雨师，各使奉其职。"

又如《封神演义》里有陆压教姜子牙用魇魔之法射死赵公明的故事，在《太公金匮》里也可以找到原型：

武王伐殷，丁侯不朝。尚父乃画丁侯，三旬射之。丁侯病大剧，使人卜之，祟在周；恐惧，乃遣使者请之于武王，愿举国为臣虏，武王许之。太师尚父乃以甲乙日拔其头箭，丙丁日拔目箭，戊巳日拔腹箭，庚辛日拔股箭，壬癸日拔足箭，谓使曰："归矣。吾已告诸神，言丁侯前畔义，今已遣人来降，勿复过之。比使者归，子之君所息念矣。"使者辞归，至，丁侯病乃愈。四夷闻之，皆惧，各以其职来贡，越裳氏献白雉，重译而至。

再如妲己故事，《尚书·牧誓》篇孔安国传、《史记·殷本纪》已见其名，只是还没有神怪色彩。《国语·晋语》："殷辛伐有苏，有苏氏以妲己女焉。"三国时代吴国韦昭等注本注曰："有苏，己姓之国，妲己，其女也。"唐初司马贞《史记索隐》也说："姓己，名妲。"可见妲己原是己姓氏族之女，被作为礼物献给纣王。

总之，《封神演义》的一些故事和人物在各种古籍里都能找到渊源来历。台湾学者卫聚贤著有《封神演义故事探源》一书，做了详尽的钩沉考证。但是，由于卫聚贤认为《封神演义》是清代的作品，因而他的"探源"征引到清代的著作。如他引《神仙通鉴》：

> 冀州有苏氏，奉贡不先赂费仲，因言其女甚美。纣令其进，有苏拒命奔归。丙午八祀，命崇侯虎往伐，有苏惧，以妲己女焉。妲己善狐媚，纣宠之。惟言是听。

卫聚贤认为《封神演义》中的妲己故事是据此而来。《神仙通鉴》是清代人撰述，不过其中的不少材料是明代以前的，因而这种说法还是可以参考。其他一些清代著述的征引也当如是观。

元至治年间的《全相武王伐纣平话》（别题《吕望兴周》）则已经具有说部的规模。它是今天能见到的最早的话本，每卷卷首刻有"新刊全相平话武王伐纣书卷上（中、下）"一行，卷端扉页上有"建安虞氏新刊"一横行，中有图一幅，图下则有《全相武王伐纣平话》大字分两行，中夹"吕望兴周"小字。正文上栏三分之一为绘图，每页一幅，右上角记图名，首页图名下有"□川吴俊甫刊"。上卷和中卷各十五页，下卷十二页，正文下栏三分之二为平话，全书约三万三千余字。它共有图目（相目）四十二条，即每一页有一条，计上卷十五条，中卷十五条，下卷十二条。"全相"就是每页必有一"相"，相上则有一"目"的意思。"目"以文字指陈大义，"相"以图画表示内容。"相目"类似于后来章回小说的"回目"。这也就是说，《武王伐纣平话》共有四十二个（回）故事，它们分别是：

1. 汤王祝网

2. 纣王梦玉女授玉带

3. 九尾狐换妲己神魂

4. 纣王纳妲己

5. 宝剑惊妲己

6. 文王遇雷震子

7. 八百诸侯修台阁

8. 西伯谏纣王

9. 西伯宝钏惊妲己

10. 摘星楼推杀姜皇后

11. 酒池虿盆

12. 炮烙铜

13. 太子金盏打妲己

14. 胡嵩劫法场救太子
15. 殷郊梦神赐破纣斧
16. 刳剔孕妇
17. 纣王破胫
18. 皂雕抓妲己
19. 文王囚羑里城
20. 赐西伯子肉酱
21. 西伯吐子肉成兔子
22. 雷震破鼓三将
23. 纣王赐黄飞虎妻肉
24. 太公捉黄飞虎
25. 飞廉费孟追太公
26. 比干射九尾狐狸
27. 剖比干之心
28. 剪箕子发
29. 太公弃妻
30. 文王梦飞熊
31. 文王求太公
32. 太公下山
33. 武王拜太公为将
34. 南宫列杀费达
35. 离娄师旷战高祁二将
36. 伯夷叔齐谏武王

37. 太公烧荆棘破乌文画

38. 太公水淹五将

39. 太公破纣兵

40. 八伯诸侯会孟津

41. 烹费仲

42. 武王斩纣王妲己

《武王伐纣平话》这四十二个故事仅用三万四千四百字敷衍而成,当然是非常粗糙简陋的,文笔笨拙,文意左支右绌,显现出早期话本粗俗鄙俚的民间色彩。但在故事的演变上,它却是《封神演义》的重要前身。《封神演义》从开头直到第三十回,除哪吒出世的第十二、十三、十四回以外,几乎完全根据《平话》扩大改编。从第三十一回起,则完全撇开《平话》,独立创造出许多神仙斗法破阵的故事,只把烹费仲和伯夷叔齐谏武王插在里面,这两小节算是《平话》里原有的。直写到第八十七回孟津会师,才又用到《平话》里不曾用过的材料,如敲骨剖孕妇,千里眼顺风耳,火烧邬文化等。

澳大利亚华人学者柳存仁撰有一篇考证文字,题目是《元至治本全相武王伐纣平话明刊本列国志传卷一与封神演义之关系》,指出在《武王伐纣平话》之后,《封神演义》之前,还有另外的过渡性作品,《列国志传》卷一就是已发现的一种。《列国志传》现在有保存在日本内阁文库中的明龚绍山梓本十二卷本,据称陈眉公批点,是万历年间刻本。柳存仁认为:"列国志传之较早刻本虽为吾人今日所不及见,在嘉、隆时或更早以前业已流行,爰为封神演义作者所取资。"柳存仁把《列国志传》卷一和《封神演义》对勘比较,证明《封神演义》的一部分文字,确实是承袭《列国志传》而来的。《封神演义》中若干人物在《武王伐纣平话》里没有出现的,往往在《列国志传》中可以找到。这样,武王伐纣的故事在已发现的文本中已经有三个演变阶段:《武王伐纣平话》→《列国志传》卷一和卷二→《封神演义》。[1]

《封神演义》的版本,据孙楷第《中国通俗小说书目》著录,共有三种。

第一种是明舒载阳刊本,共二十册,藏日本内阁文库。它的情况可分六项说明:

1. 封面中行大字题"封神演义",右行小字标"批评全像武王伐纣外史",左旁有识语一段:"此书久系传说,苦无善本,语多俚秽,事半荒唐,评古愚今,名教之所必斥。兹集乃(名字削去)先生考定批评家藏秘册,余不惜重赀购求锓行,以供海内奇赏,真可羽翼经传,为商周一代信史,非徒宝悦琛瑰而已!识者鉴之!"署名"金阊书坊舒冲甫识"。

2. 书首有邘江李云翔写的序,略云:"古今有可信者,经史《纲鉴》之书是也。有不可信者,《齐谐》《虞初》《山海》之书是也。若可信若不可信者,诸子小说阴阳方技术数之书是也。……孟夫子尚曰:'尽信书不如无书',况三代以来,所谓曰文、曰武、曰孝、

---

[1] 笔者查对《列国志传》,应为卷一和卷二。

曰庄、曰敬、曰神、曰懿、曰德,种种美词,不过皆史臣为之粉过饰非,写为一代信史,其中可言不可信明甚……俗有子牙斩将封神之说,从未有语本,不过传闻于说词者之口,可谓信史哉?……语云:'生为大(当为上字——引者)柱国,死作阎罗王。'自古及今,何代无之?而至斩将封神之事,目之为迂腐耶?书成,其可信不可信,又在阅者作如是观,余何言哉?"

3. 序文后是图,共五十页,一百面,精彩生动。

4. 图后是正文,每半页十行,每行二十字,字呈扁体而端好悦目,开板亦阔。可见写刻都出于名手,偶有缺页,如第三回缺第二十九页。

5. 每卷卷首都题有"新刻钟伯敬先生批评封神演义卷之囗",只第二卷第一页下分题两行,右"钟山逸叟许仲琳编辑",左"金阊载阳舒文渊梓行"。学者或据此以为:作者即许仲琳,其实应为编辑人,但始末不详。舒冲甫与舒文渊不知是否同一人或同一家。泰昌庚申(万历四十七年)武林藏珠馆刊本《唐传演义》的封面也署有"舒载阳梓",由此可推断,这种《封神演义》的刊刻年代大约在"万历末年或昌、启年间"。

6. 每回上有"眉批",后有"总批",总批后有"又批"。"又批"偶有两种,似非出于一人之手,但三者(或四者)的语意笔墨,其实并无差别。李云翔的序中说:"……余不愧续貂,删其荒谬,去其鄙俚。而于每回之后,或正词,或反说,或以嘲谑之语,以写其忠贞侠烈之品,奸邪顽钝之态。于世道人心,不无唤醒耳。"由此看来,这些批语和评语,可能大部分出于李云翔之手,而每卷所题的"钟伯敬先生批评",只是托名而已。

第二种是周之标序本。这一系的本子前有长洲周之标的序,孙楷第题为"封神演义八卷一百回"。今存两种,俱藏北京大学图书馆。一为蔚文堂复明刊本,别题《商周列国全传》,"钟伯敬先生评",半页十五行,行三十二字。另一种为清复明本,别题《封神传》,图二十页,半页十五行,行三十二字。

第三种是四雪草堂订正本或褚人穫序本。题"钟伯敬先生原本""四雪草堂订正"。图五十页,正文半页十一行,行二十四字。版心下题"四雪草堂",首有康熙乙亥(三十四年)褚人穫序。共十九卷。属于这一系的还有乾隆壬寅(四十七年)茂选楼刊小字本,二十卷。

后来各种刻本,都根据这三种本子而来。如巴黎国家图书馆藏清籁阁藏本,前面既有康熙乙亥褚人穫序,又有从明刻八卷本《封神演义》移来的长洲周之标的序。而其卷二也有"钟山逸叟许仲琳编辑,竟陵伯敬钟惺批评"一行,与日本内阁文库所藏明金阊舒载阳刊本相近。

《封神演义》的作者,共有六种说法,其中两种影响较大的说法是许仲琳和陆西星。另外四种是道光年间梁章钜《浪迹续谈》和《归田琐记》两种笔记中提出的"前明一名宿"说;《缺名笔记》记载一种传闻"王世贞"说;台湾学者卫聚贤提出的"清初人伪托明代人"说;徐朔方则认为:"看起来对作者主名似乎参差不一或有异说,实际上恰恰说明此书是民间艺人世代累积的集体创作,没有单一的作者。"

附录一 《封神演义》的学术考察

由于孙楷第在日本内阁文库发现明刊舒载阳本《封神演义》，其第二卷卷首有"钟山逸叟许仲琳编辑"等字，许仲琳遂被认为是《封神演义》的作者。许仲琳是南直隶应天府人，其余一概不知。而"编辑"二字与创作的意思也还有距离。柳存仁认为：明代刻行的小说，常题"编辑""编次""编""纂""戏笔""述""纪略"等词，多数是指搜集编次人或梓行者、书商，并不代表著作人。台湾学者沈淑芳则认为，许仲琳可能是将各种说话本子整理编次，甚至加进己意的人，在尚未完稿时便被书贾舒冲甫发现而购求去。这也只是推想之辞。

最具有吸引力的是明代陆西星说。孙楷第在《中国通俗小说书目》中除"许仲琳撰"外，又记下陆西星撰的根据：

> 一云陆长庚撰，余始于石印本《传奇汇考》发见之。卷七《顺天时》传奇解题云，"《封神传》传系元时道士陆长庚所作，未知的否。"张政烺谓"元时"乃"明时"之误，其言甚是。按长庚乃陆西星字。西星，南直隶兴化县人，诸生，著《南华经副墨》《方壶外史》等书。明施有为万历中所选《明广陵诗》卷二十二选陆西星诗二十四首，诗有"出世已无家"之语，即《传奇汇考》所云道士陆长庚作《封神传》者也。（明有平湖陆长庚，字符白，万历进士，官至南京通政司使，与《封神演义》无涉。）《传奇汇考》，似是清乾隆时巡盐御史伊龄阿奉旨修改戏曲时所撰。当时设局于扬州，入局任校理者多知名之士。此陆西星撰《封神演义》说颇可注意，惜不言所据耳。

《曲海总目提要》卷三十九"顺天时"条引《传奇汇考》：

> 按《封神传》，系元时道士陆长庚（小字注：陆长庚，名西星，明代人，此云元时，误。）所作。未知的否。观传内燃灯、慈航、接引、准提皆称道人，文殊、普贤、惧留孙皆称元始弟子，其崇尚道家，疑必道家之作。

陆西星是明代嘉靖、隆庆年间东派道教的创始人，《兴化县志·文学篇》有小传：

> 陆西星字长庚，生而颖异，有逸才，束发受书，辄悟性与天道之旨。为诸生，名最噪。九试棘闱不遇，遂弃儒服，冠黄冠，为方外之游。遇异人，受真诀，乃纂仙释书数十种，而所注《庄子》尤盛行于世，焦太史竑《经籍志》中所载《南华副墨》者是也，《方壶外史》亦盛行。西星学宗二氏，缘饰以儒术，识宏博，于书无所不窥，娴于文辞，兼工书画，同时宗宪副（臣）最以才名，而著述之富独推西星云。

陆西星所著述的数十种仙书，据沈淑芳查考，现在可以看到的有：《方壶外史》八卷，包括《无上玉皇心印妙测经疏》《黄帝阴符经测疏》《崔公入药镜测疏》《纯阳吕公百字碑测疏》《悟真篇注》《玄肤论》《金丹就正篇》《金丹大旨图》《七破论》《老子道德经玄览》《周易参同契口义》等十五种。此外保存下来的还有《三藏真诠》二卷、《楞伽口义通讫》。龚敏于21世纪初又发现了一种，刊载于香港大学饶宗颐学术馆2008年7月出版《陆西星研究专题》，又见齐鲁书社2010年9月出版龚敏《小说考索与文献钩沈》。

陆西星的著作里道、儒、佛思想杂陈，和《封神演义》的内容有相似之处。这更引发了《封神演义》是陆西星所撰的联想。1936年张政烺在胡适推荐下，在《独立评论》第209号发表了《〈封神演义〉的作者》一文，论证陆西星是《封神演义》的作者。其后李光璧和柳存仁最坚持此说。李光璧的论证大体上是三点：

一、《黄帝阴符经测疏》与姜太公有关系："先秦以来，兵法权谋之家，及《六韬》《阴符》，多传太公阴谋。《封神演义》一书，亦敷衍伐纣事，以太公为主，由此亦可稍窥其声息。"

二、陆西星著述中的思想与文字，都和《封神演义》接近。"长庚又有《楞严述旨》一书，亦可与《封神传》蔓引释老事相合。《封神传》中演哪吒、准提、接引等事，皆参以释迦载籍者，不过陆氏为道士，仍以道家言为主体耳。……《南华副墨》一书中多道家言，亦兼引释典。诠解立论，则用浅近文言，凡此诸点，均与《封神演义》相合。"

三、《封神演义》中陆压道人是陆西星的自况。"详审书中，有陆压道人，姓陆名压，其地位实甚特殊，既非属于阐教，不在元始门人十二代上仙之列；又不属于截教，而其人固与通天教主为敌者；亦不在准提、接引以下释流之内。其人地位，乃一散仙（自称野人、散人、闲人），飘然而来，悠然而去，意者岂作者之自况欤！证以名字意义之关联，及陆压作歌思想，盖可信也。案：

明世宗以外藩入继大统，与武宗为兄弟行，世宗之母蒋太后与武宗之母张太后（孝宗后）既不相得，外戚张延龄、张鹤龄（张后弟）等本甚跋扈，于世宗母子亦怀忌恨。据毛奇龄《彤史拾遗记》：'有男子班明者奏鹤龄造符咒压帝（世宗）星，又有刘东山者，奏张延龄为压星图，压镇世宗及兴献后，其图凡五十，向年班明所奏皆实。'可知凡诅咒巫蛊之术，多'压'被诅咒者之'星'。陆氏字长庚，名西星，故于《封神演义》中托名陆压，其名字固有意义上之关联也。而《封神传》中陆压、姜太公设计射赵公明事，亦此种类似之巫蛊之术也。"

柳存仁在他的著作《佛道影响中国小说考》第一卷中，讨论《封神演义》的作者，力主是陆西星而非许仲琳。他从陆西星的著述中找出某些用语，在《封神演义》中也有雷同的用法。这是所谓内证。外证也列出许多条。如说《封神演义》反映的时代正与明世宗嘉靖年间背景相符，《演义》中的闻太师就是影射当时的道士陶仲文，而通天教主则影射明世宗；陆西星是苏北人，苏北部分地区崇拜的道教神祇正与《封神演义》中的诸神一样，等等。

沈淑芳则认为李光璧和柳存仁的考证仍多有牵强之处，"陆西星说似仍不能确立"。她最后的结论是："《封神演义》的作者目前尚无定论，但作者的思想乃是以道教为主的儒佛道三教混融的信仰，则可以确定。"而章培恒著文反驳柳存仁，认为《封神演义》是"由许仲琳、李云翔写定，而李云翔是主要的写定者"（见1992年第4期《复旦大学学报》社会科学版）。

陆西星作《封神演义》虽然仍不能作为最后的结论，但比起许仲琳说来,似乎有更大的可能性。陆西星是作者,许仲琳是编辑者,这也许是到目前为止最为合理的判断。《封神演义》出于一位道士之手,这对于我们的学术立场——《封神演义》是一部道教文化小说——来说,是一件十分富有意义的事情。[1]

---

[1] 本章某些引文转引自沈淑芳《封神演义研究》,台北天一出版社1970年版《中国古典小说研究汇编》之《封神演义杂考》卷。

附录二 《封神演义》的文学鉴赏

作为一部小说,能写出栩栩如生、呼之欲出的人物形象,是获得成功的重要标志。《封神演义》这方面的成就不是十分突出,综合考察全书的形象体系,基本上是"类型化"的写法,属于古典的审美意识。这自然又与华夏传统文化尤其是道教文化的浸淫、影响分不开。

《封神演义》的人物形象体系,可以归纳为两朝三教,仙凡混一。两朝是商与周,三教是阐、截、释(小说中称西方教,即佛教前身)。

商朝写一王,是纣王;周朝写两王,是文王和武王。纣王是无道昏君的代表,周文王和周武王是有道明君的化身。他们分别是恶与善的偶像,又分别是儒家伦理思想中专制与开明两个不同层面的艺术体现。

比较起来,周文王、武王更是一种观念的人物模式,是"以德王天下""泛爱众而亲仁""隆礼重法"等儒家理念直露的摹写,因而缺少血肉和魅力。

第十回写周文王奉诏朝商,离开西岐前嘱子别母,既礼数谨然,又体现了儒家人情化的伦理亲情,"仁"和"礼"这两种儒家的核心观念表现得很完美:

附录二 《封神演义》的文学鉴赏

且言姬昌坐端明殿,对上大夫散宜生曰:"孤此去,内事托与大夫,外事托与南宫适、辛甲。"随使人宣伯邑考至,吩咐曰:"昨日天使宣召,我起一易课,此去多凶少吉,纵不致损身,该有七年大难。你在西岐,须是守法,不可改变国政,一循旧章;弟兄和睦,君臣相安,毋得任一己之私,便一身之好。凡有作为,惟老成是谋。西岐之民,无妻者给与金银而娶;贫而愆期未嫁者,给与金银而嫁;孤寒无依者,当月给口粮,毋使欠缺。待孤七载之后灾满,自然荣归。你切不可差人来接我。此是至嘱至嘱,不可有忘!"伯邑考听父此言,跪而言曰:"父王既有七载之难,子当代往,父王不可亲去。"姬昌曰:"我儿,君子见难,岂不知回避?但天数已定,断不可逃,徒自多事。你等专心守父嘱诸言,即是大孝,何必乃尔。"姬昌退至后宫,来见母亲太姜。行礼毕。太姜曰:"我儿,为母与你演先天神数,你有七年灾难。"姬昌跪下答曰:"今日天子诏至,孩儿随演先天神数,内有不祥,七载罪愆,不能绝命。方才内事外事,俱托文武,国政付于伯邑考。孩儿特进宫来辞别母亲,明日欲往朝歌。"太姜曰:"我儿此去,百事斟酌,不可造次。"姬昌曰:"谨如母训。"随出内宫与元妃太姬作别。——西伯侯有四乳,二十四妃,生九十九子,长曰伯邑考,次子姬发即武王天子也。周有三母,乃昌之母太姜,昌之元妃太姬,武王之元配太妊,故周有三母,俱是大贤圣母。姬昌次日打点往朝歌,匆匆行色,带领从人五十名。只见合朝文武:上大夫散宜生,大将军南宫适,毛公遂、周公旦、召公奭、毕公、荣公、辛甲、辛免、太颠、闳夭——四贤、八俊,与世子伯邑考、姬发,领众军民人等,至十里长亭饯别,摆九龙御席,百官与世子把盏。姬昌曰:"今与诸卿一别,七载之后,君臣又会矣。"姬昌以手指邑考曰:"我儿,只你兄弟和睦,孤亦无别虑。"饮罢数杯,姬昌上马。父子君臣,洒泪而别。

君仁臣贤,父严母慈子孝,夫妻互守礼法,弟兄彼此和睦,一切都在儒家礼教的规范之下,井然有序,一切又都温情脉脉,浸润着伦理亲情的和谐温馨。这里没有人际关系的摩擦争斗,没有理智和情感的冲突,更没有什么性格的变态之类。这就是所谓儒家的"中和之美",但作为人物性格而言,也就谈不到特点,谈不到个性。

倒是写文王食子、吐子,多少表现了一些人性的内容:

……姬昌不觉流泪曰:"我儿不听父言,遭此碎身之祸!今日如不食子肉,难逃杀身之殃;如食子肉,其心何忍!使我心如刀绞,不敢悲啼。如泄此机,我身亦自难保。"姬伯只得含悲忍泪,不敢出声……(第二十回)

……文王出小龙山口,见两边文武、九十八子相随,独不见长子邑考。因想其醢尸之苦,羑里自啖子肉……文王作罢歌,大叫一声:"痛杀我也!"跌下逍遥马来,面如白纸。(第

二十二回）

圣人不食子，这是一个古老的传说，里面包含的是父慈子孝的儒家伦理思想。但客观上，文王食子又吐子的故事却暴露了儒家伦理的内在矛盾，给周文王这位儒家理想的大圣人涂染上一层悲剧色彩。儒家伦理是有人情味的，但本质上又是专制主义的。纣王杀死伯邑考并让文王"食子"是专制主义的集中体现，信守"君为臣纲"的周文王既然要维护君主的权威，就不能不在"父慈子孝"方面陷入困境。

作为昏暴之君的代表，纣王并不算十分典型。因为纣王的一切暴虐行为都是在妲己的教唆下干出来的。不过这倒使纣王这个人物有了另外一些耐人咀嚼的特点。作者写到纣王时，有意无意地会流露出某种同情，这主要是受到女色亡国和君权至上两种传统思想的影响，但同时也使纣王的性格有了一定程度的复杂性和生动性。

如第五回云中子对纣王大谈"但观三教，惟道至尊"，纣王非但没有生气，反而"听言大悦：'朕聆先生此言，不觉精神爽快，如在尘世之外，真觉富贵如浮云耳。……'"第七回妲己陷害姜皇后，纣王完全是被动的，书中一再写纣王"见姜后之睛，其心不忍；恩爱多年，自悔无及，低头不语，甚觉伤情"，"纣王沉吟不语，心下煎熬，似羝羊触藩，进退两难"，"纣王出于无奈，只得传旨"……特别是第九十七回写到纣王摘星楼自焚，竟颇有几分悲壮色彩：

神仙意境

……封宫官朱升闻纣王呼唤,慌忙上摘星楼来,俯伏栏边,口称:"陛下,奴婢听旨。"纣王曰:"朕悔不听群臣之言,误被逸奸所惑,今兵连祸结,莫可救解,噬脐何及。朕思身为天子之尊,万一城破,为群小所获,辱莫甚焉。欲寻自尽,此身尚遗人间,犹为他人作念。不若自焚,反为干净,毋得令儿女子借口也。你可取柴薪堆积楼下,朕当与此楼同焚。你当如朕命。"朱升听罢,披泪满面,泣而奏曰:"奴婢侍陛下多年,蒙豢养之恩,粉骨难报。不幸皇天不造我商,祸亡旦夕,奴婢恨不能以死报国,何敢举火焚君也。"言罢,呜咽不能成声。纣王曰:"此天亡我商也,非干你罪,你不听朕命,反有忤逆之罪。昔日朕曾命费仲、尤浑向姬昌演数,言朕有自焚之厄;今日正是天定,人岂能逃,当听朕言!"……且说纣王见朱升下楼,自服衮冕,手执碧圭,佩满身珠玉,端坐楼中。朱升将柴堆满,挥泪下拜毕,方敢举火,放声大哭。……话说朱升举火,烧着楼下干柴,只见烟卷冲天,风狂火猛,六宫中宫人喊叫,霎时间乾坤昏暗,宇宙翻崩,鬼哭神号,帝王失位。朱升见摘星楼一派火着,甚是凶恶。朱升撩衣,痛哭数声,大叫:"陛下!奴辈以死报陛下也!"言罢,将身窜入火中。可怜朱升忠烈,身为宦竖,犹知死节。话说纣王在三层楼上,看楼下火起,烈焰冲天,不觉抚膺长叹曰:"悔不听忠谏之言,今日自焚,死故不足惜,有何面目见先王于泉壤也!"(第九十七回)

纣王几乎成了一个充满悲剧感的、让人一掬同情之泪的人物。难怪钟惺有评语说:"纣王虽然无道,还算个侠烈汉子。起先做了许多恶业,及至到坏事时,便爽爽利利,以死自待,决不沾泥带水。若是小丈夫,便有无限婆子气,不知作多少悲啼哭泣。"

总之,周文王、武王与纣王的对比意味是明显的。这是仁德与昏暴的对比。作为观念的衍化和图解,不可能写出血肉丰满的感人形象,虽在局部有可取之处,却远远没有达到文学上独特的"这一个"。这也从一个侧面说明,儒家的审美理想与丰富深刻的艺术个性之间是有矛盾的,因为儒家思想的根本宗旨是要限制人个性的发展,使其"不逾矩","存天理,灭人欲"。

周朝的臣子以散宜生、南宫适为代表,是所谓贤臣良将,因为既不是描写重点,又只是"贤良"观念的化身,所以只是一些姓名符号,没有独立的性格可言。商朝臣子前面说过,共有三类:愚忠之臣、奸佞之臣和弃商从周的明智之臣。奸臣如费仲、尤浑、崇侯虎、飞廉、恶来等都是一个模子里铸出来的,无非是把持朝政、擅权作威、收受贿赂、谄媚君王、陷害忠良等,并没有写出真正的个性。"忠臣"和"智臣"的大多数也面目雷同。忠臣则犯颜直谏,死而后已,区别只是在死的花样上做文章,如梅柏炮烙,商容撞柱,杨任剜目,目的是为了渲染纣王和妲己的残暴,并不是为了刻画个性。另外一些与周兵对阵而被杀被擒"尽节报主"的忠臣如鲁雄、张桂芳等更只是泛泛描写。倒戈顺周反商的识时务者则又是另一类模式,也大都大同小异,其中写得较为出色的如邓九公、苏护等,则多少写出了弃商从周过程的曲折、抉择的艰难,虽然主要在故事情节上谋求变化，在人物性格上也多少能各具面目。

闻太师是写得最为成功的一个"忠臣"典型。他是托孤老臣，位崇望隆，纣王也有几分畏惧他，因此从第一回到第二十六回，都写他出征在外，不主朝政，以便放开手写纣王与妲己的倒行逆施而无人能阻。第二十七回《太师回兵陈十策》，写闻太师远征北海归来，家门未进，立刻鸣钟请驾，极谏纣王，三日后又上条陈十策，要拆鹿台，贬妲己，斩费、尤，"磨墨润笔，将笔递与纣王：'请即时批准施行。'"，威风凛凛，充分显示了一个托孤老臣的身价分量。同时又写："闻太师见纣王再三委屈，反有兢业颜色，自思：'吾虽为国直谏尽忠，使君惧臣，吾先得欺君之罪矣！'"表现闻太师是一个"忠臣"，而不是一个"权臣"。为了故事情节的推展，又立即安排闻太师去征讨东海平灵王。等到第三十一回闻太师重新出现，纣王失政的故事已基本铺排完毕，转而写殷商兵伐西岐了。闻太师作为殷商方面的主帅，自然成了描写重点。

作为成汤首相，从回兵陈十策到驱兵追袭黄飞虎，都表现了闻太师的干练、果断和勇于任事，其核心思想则是一个忠字。如闻太师二次回朝，适逢黄飞虎反出朝歌，闻太师听说后，一方面对纣王"厉声言曰"："此一件事，据老臣愚见，还是陛下有负于臣子！……今黄飞虎以报国赤衷，功在社稷，不能荣子封妻，享长久富贵，反致骨肉无辜惨死，情实伤心。乞陛下可赦黄飞虎一概大罪，待臣追赶飞虎回来，社稷可保，家国太平。"另一方面，一旦知道黄飞虎"与天子在午门大战，臣节全无"，又立刻改变初衷，说："……不可走了反叛；待老臣赶去拿来，以正大法！"这些情节将一位忠君爱国、练达公正而终不能不受纲常礼教思想囿限的传统时代的老臣形象写活了。

从第三十五回到第五十二回，先是派兵遣将，后又亲自出兵，重点写闻太师征伐西岐的战争，直到闻太师在绝龙岭被云中子烧死。这十几回故事已经大大加重了阐截两教斗法的内容，十绝阵与黄河阵写得五彩缤纷，匪夷所思。闻太师既是成汤统帅，又是截教金灵圣母的门徒，与既是西周丞相又是阐教门徒的姜子牙对垒，政争与教争搅在一起。由于描写重点转到斗法斗宝，人物性格没有进一步发展，但闻太师的形象还是鲜明的。除了儒教的忠悃，又增加了一些道教的风貌。

> 话说闻太师看此山险恶，传令安下人马，催开墨麒麟，自上山来观看。见有一程平坦之地，好似一个战场。太师叹曰："好一座山！若是朝歌宁静，老夫来黄花山避静消闲，多少快乐！"又见依依翠竹，古木乔松，赏玩不尽。（第四十一回）

> 话说子牙观看良久，叹曰："闻太师平日有将才，今观如此整练，人言尚未尽其所学。"（第四十二回）

> 话说闻太师雌雄双鞭甚是利害。祭起空中如有风雷之声，久惯兴师，四方响应，子牙如何敌得住，甚难招架。（第四十二回）

神仙意境

话说闻太师的墨麒麟周游天下，霎时可至千里，其日行到东海金鳌岛。太师观看大海，青山幽静，因嗟叹曰："我因为国事烦琐，先王托孤之重，何日能脱却烦恼，静坐蒲团，参玄悟妙，闲看'黄庭'一卷，任乌兔如梭，何有于我。"（第四十三回）

太师泣对四天君曰："我受国恩，官居极品，以身报国，理之当然。今日六友遭殃，我心何忍！四位请回海岛，待我与姜尚决一死战，誓不俱生！"太师道罢，泪如雨下。（第四十六回）

闻太师见赵公明这等苦切，心如刀绞，只气得怒发冲冠，刚牙剉碎。（第四十八回）

闻太师心如刀割，一把抱住公明，泪流满面，哭声甚惨。（第四十九回）

太师落下土遁，默坐沉吟；半晌，仰天叹曰："天绝成汤！当今失政，致天心不顺，民怨日生。臣空有赤胆忠心，无能回其万一。此岂臣下征伐不用心之罪也！"太师坐到天明，复起身招集败残士卒，迤逦而行。（第五十二回）

太师大叫一声，跌将下来。云中子在外面发雷，四处有

霹雳之声，火势凶猛。可怜成汤首相，为国捐躯！……太师忠心不灭，一点真灵借风径至朝歌，来见纣王，申诉此情。（第五十二回）

点点滴滴，一路写来，闻太师的个性和风貌已跃然纸上。儒道互补，忠于君国，挚于友情，忠心耿耿，力挽危局，死而不已，虽然违逆"天命"，是个悲剧性人物，但也是一个让人肃然起敬的悲剧人物。钟惺有评语说："闻太师征伐西岐，当对阵时，凛凛数语，至今犹有生气。""闻太师精忠报国，死不忘君，庶几不愧大臣之体。"闻太师形象的艺术魅力，反映了儒家思想在传统时代的巨大影响。

殷商的另一位"股肱之臣"黄飞虎则是"君不正，则臣投外国"的"识时务者为俊杰"。黄飞虎弃商投周的曲折过程写得相当生动。黄飞虎之妻贾氏被妲己设圈套陷害，君欺臣妻，坠楼而死，飞虎之妹黄贵妃也被纣王摔下摘星楼而亡，面对这飞来横祸，黄飞虎的反应只是"无语沉吟"。他的结义兄弟黄明等倡言造反，"黄飞虎持剑在手，大喝曰：'黄明等！你这四贼！不思报本，反陷害我合门之祸！我家妻子死于摘星楼，与你何干？你等口称"反"字，黄氏一门，七世忠良，享国恩二百余年，难道为一女人造反？你借此乘机要反朝歌而图掳掠，你不思金带垂腰，官居神武，尽忠报国，而终成狼子野心，不绝绿林本色耳！'骂的四人默默无语。"这说明"君要臣死，臣不得不死"的所谓"忠君之义"这种正统专制思想在黄飞虎脑中是根深蒂固的。这种描写符合黄飞虎这样"官居首领""七世忠良"的身份性格。

神仙意境

黄飞虎最后是被周纪用"绿帽子"的耻辱之感而激反的:"兄长,你只知官居首领,显要爵禄,身披蟒袍。知者说你仗平生胸襟,位至尊大;不知者只说你倚嫂嫂姿色,和悦君王,得其富贵。"黄飞虎虽然被激造反,但要真正冲破"忠""孝"这些思想枷锁的束缚却并不容易,这方面的描写也颇为真实动人:

> 黄飞虎虽反,今日面君,尚有愧色。周纪见飞虎愧色,在马上大呼:"纣王失政,君欺臣妻,大肆狂悖!"纵马使爷,来取纣王。纣王大怒,手中刀急架相还。黄明走马来攻。黄飞虎口里虽不言,心中大恼,曰:"也不等我分清理浊,他二人便动手杀将起来!"飞虎只得催开神牛。一龙三虎,杀在午门。(第三十回)

> 黄滚又曰:"畜生!你可做忠臣、孝子不做忠臣、孝子?"飞虎曰:"父亲此言怎么说?"滚曰:"你要做忠臣、孝子,早早下骑,为父的把你解往朝歌,使我黄滚解子有功,天子必不害我;我得生全,你死还是商臣,为父还有肖子。畜生!你忠孝还得两全。……"飞虎听罢,在神牛上大叫曰:"老爷不必罪我,与老爷解往朝歌去罢!"(第三十三回)

由于能较准确地把握住人物的身份、地位,就使黄飞虎思想、性格的变化获得真实感和立体感。可惜在黄飞虎归周后,他的个性就不再鲜明,而成了一个姓名符号、争战工具。这是许多古典

附录二 《封神演义》的文学鉴赏

小说都难以避免的毛病,如《水浒传》中的好汉,"逼上梁山"的造反过程中人物性格生龙活虎,一旦上了梁山则失去神采。这正是传统审美观念从"类型化"向"性格化"发展演变中的一种迹象。

从对闻太师、黄飞虎的描写中,可以看出《封神演义》对忠、孝等伦理纲常持一种开放态度,但也不作简单化处理,因而闻太师的忠挚与黄飞虎的明智能各得其所,各具个性。这在前面章节从另外的角度已经有所涉及。

作为与闻太师相比照而存在的一个人物是姜子牙。如果说闻太师主要表现了儒家思想的悲剧,那么姜子牙则主要表现了道家、道教思想的喜剧。这正是《封神演义》的基本倾向。姜子牙是全书第一要角,客观地说他的性格写得不那么恰如其分,作者似乎想写他性格的多侧面,但艺术功力不够,反而显得有些矛盾混乱。

一方面,姜子牙忠厚老成,甚至有点迂腐懦弱,这在他与马氏和申公豹的关系上表现得很明显。

> ……子牙曰:"长兄、嫂在上:马氏随我一场,不曾受用一些,我心不忍离他;他倒有离我之心。长兄吩咐,我就写休书与他。"子牙写了休书,拿在手中道:"娘子,书在我手中,夫妻还是团圆的。你接了此书,再不能完聚了!"马氏伸手接书,全无半毫顾恋之心。子牙叹曰:"青竹蛇儿口,黄蜂尾上针。两般由自可,最毒妇人心!"(第十八回)

> 且说南极仙翁送子牙,不曾进宫去,在宫门前少憩片时。

只见申公豹乘虎赶子牙。赶至麒麟崖前,指手画脚讲论。又见申公豹的头游在空中。仙翁曰:"子牙乃忠厚君子,险些儿被这孽障惑了!"……子牙曰:"道兄,你既知道,可以饶了他罢。道心无处不慈悲,怜恤他多年道行,数载功夫,丹成九转,龙交虎成,真为可惜!"南极仙翁曰:"你饶了他;他不饶你。那时三十六路兵来伐你。莫要懊悔!"子牙就说:"后面有兵来伐我。我怎肯忘了慈悲,先行不仁不义。"(第三十七回)

　　另一方面,姜子牙渭水垂钓,文王访贤,虽是继承《武王伐纣平话》而来,因袭《三国演义》中"刘玄德三顾草庐"的写法也很明显。但姜子牙显然不如诸葛亮那样表现出隐逸风流,神气十足。因为《封神演义》要渲染神仙斗法,而姜子牙不过是只有四十年道行的元始天尊的小徒弟,每次争战都要靠各路神仙支援救护,姜子牙只是一个道教的傀儡,他的经纬韬略如何无足轻重,也没有得到切实的描写。再加上他刚下山时遭遇种种挫折,与马氏吵吵闹闹,颇有点滑稽色彩,当然就不能像诸葛亮那样给人飘逸潇洒、倜傥风流的印象。后来姜子牙成了武王的"相父",既要写道教的"天命",又要写武王的"仁德",结果使夹在当中的姜子牙常要玩弄权术,蒙蔽武王,擅权作威,与前面一再写姜子牙"忠厚"颇不相符。这其实是让人物性格迁就故事情节,正是小说艺术尚不成熟的表现。

　　阐、截、佛三教的仙佛们是《封神演义》中的重要角色。他们不食人间烟火，俱已超凡入圣，所以愈是大角愈高高在上愈难以写出不同的个性。西方佛教中，准提道人比较开放通达，接引道人则相对保守拘谨，因此得以各具面目。老子和元始天尊，一个在幕后，一个在前台，实际上同掌阐教，互相尊重，二人都法力无边，很难看出有多大区别。他们当然都比师弟截教的通天教主修养深厚，本领高强，个别地方则表现老子比元始又略高一筹，如破十绝阵中的落魂阵，元始天尊对前来求救的赤精子说自己虽然掌教，遇事尚有疑难，让赤精子去找老子。而破诛仙阵时，元始天尊第一次单独观阵，有千万朵莲花护身，但还是被通天教主的宝剑震落一朵莲花。

这里较圆满地解决了道教典籍中的某些矛盾。因为早在南朝梁代，陶弘景造作《真灵位业图》，已经把元始天尊列为道教第一级的中位尊神，而太上老君则是第四级中位，低于元始。这实际上贬低了老子作为道家始祖的历史地位，造成道家和道教的冲突。《封神演义》中，巧妙地再创造了最后出来收拾残局的鸿钧道人这个无上权威，而把老子、元始天尊和通天教主写成他的三个徒弟，老子是大师兄，元始天尊是二师兄，通天教主是三师弟，这就消除了排序的混乱，既保持了元始天尊的"教主"尊位，又显示老子应在元始天尊之前的排序。到破万仙阵时，又写了"老子一气化三清"的故事，这就把道教中太上老君、元始天尊和太上道君所谓"三清"的尊卑排序问题通过虚化处理象征性地解决了。

阐教有所谓十二代弟子——即元始天尊的十二个同列徒弟，"代"实际上是"位"的意思。此外还有不在此列但辈分近似的燃灯道人、云中子、南极仙翁和陆压，他们也属于阐教系统或者与阐教关系密切。燃灯道人似乎是阐教门人的"班长"，比其他阐教弟子修为又高深一点，所以破十绝阵时由燃灯道人当总指挥。此后的描述中凡写到燃灯道人，都不忘他的"班长"身份。这种处理是融合佛教的某些传说，表现尊重佛教而又维持道教高于佛教的中华文化本位立场。前已论及，燃灯道人实际上从佛教的燃灯古佛而来，这从他的住地灵鹫山也可看出，灵鹫山其实应该在印度，乃从《西游记》里如来佛祖住在西天"灵山"演变而来。在佛教传说中，燃灯古佛本是释迦牟尼如来佛之前的先辈佛祖。这位先辈佛祖却成了道教元始天尊的一个徒弟燃灯道人，虽然比十二位弟子地位略高，辈分却一点不占先，同时，与老子、元始天尊同时同列的西方教（佛教的前身）大德是接引道人和准提道人，而位列最高的则是道教的始祖鸿钧道人，燃灯道人演变成燃灯古佛，还不知要等到哪年哪月呢，其后的释迦牟尼如来佛就更不用提了。这样，道教先于、高于佛教的立场当然彰明较著。

　　十二位弟子为首的两位是广成子和赤精子。这两位神仙也都写得比较突出。赤精子两次三番闯落魂阵抢草人救姜子牙的魂魄，往来奔波，十分热心。后来徒弟殷洪被申公豹说反背叛，赤精子不得不用太极图将殷洪绝命，其心理活动的描写也颇有人情味：

　　……赤精子尚有留恋之意，只见半空中慈航道人叫曰："天命如此，岂敢有违。毋得误了他进封神台时辰！"赤精子含悲忍泪，只得将太极图一抖，卷在一处；提着半晌，复一抖，

> 太极图开了，一阵风，殷洪连人带马，化作飞灰。……话说赤精子见殷洪成了灰烬，放声哭曰："太华山再无人养道修真。见我将门下这样如此，可为疼心！"

"含悲忍泪""提着半晌""放声哭"，把赤精子既不得不绝情杀徒又实在于心不忍的矛盾复杂心理表现得很生动。广成子也有杀徒之事，后来又"三谒碧游宫"，是通天教主改变立场与阐教敌对的重要情节枢纽。"三谒碧游宫"故事中写广成子既知礼守法，又敢做敢当，见机行事，有理有节，也给人留下深刻印象。

广成子和赤精子这两个名目，其实渊源有自。在《庄子》和道教的神仙典籍中，广成子据说是黄帝时人，居住在崆峒山中的石室，黄帝向他问治身之道，广成子回答说："至道之精，杳杳冥冥。至道之极，昏昏默默。无视无听，抱神以静。形将自正，必静必清。毋劳尔形，毋摇尔精，乃可以长生。慎内避外，多知为败。我守其一而处其和，故千二百年未尝衰老。"这实际上是将《道德经》中的话语予以化用演绎。而《续文献通考》中则说："葛稚川曰：老子无世不出，数易姓名。出于黄帝时，号广成子。"按这种说法，广成子和老子合而为一，广成子当然是老资格。

赤精子则据说是颛顼时人，曾演说传授《微言经》，教世人以忠顺之道。《汉书·李寻传》中记载，汉成帝时，齐人甘忠可造作《天官历》《包元太平经》，并假托说："天帝使真人赤精子，下教我此道。"甘忠可是原始太平道的创始人。从道教的演变历史来说，赤精子也是被创造的一个很早的仙人。另外还有不同的说法，如说赤精子又叫宁封子，乃黄帝的陶正（官职名）；又说颛顼帝时太上老君降于衡山，号赤精子。赤精子也成了老子的一个化身。从宗教信仰来说，"赤精子之道"属于黄老道，是道教形成的早期阶段。

到了《封神演义》中，广成子击金钟，赤精子敲玉磬，成了元始天尊十二个徒弟中的老大老二，而哪吒的师父太乙真人、杨戬的师父玉鼎真人和后来成了佛教三大士的文殊广法天尊、普贤真人和慈航道人等反而排序在后，就是受了广成子和赤精子之名目在道教典籍中早就存在的影响。

截教自通天教主以下，都被写成"全无道气，一脸凶光"，违逆天命，自恃己能，人物性格千篇一律，只在法术神通上予以区别。其中只有云霄娘娘写得比较生动，写出一个本有主见，却在客观情势的裹挟下被迫改变了初衷的人物性格悲剧，前面的章节已经提及。阐教叛徒申公豹往来奔走，邀集截教门人打击姜子牙，是带动情节结构运转的重要人物，但性格也是类型化的。

陆压是一个别具风格的神仙，他的出现很有意思，表现出《封神演义》作者能够打破陈规滥套，别出心裁的独特艺术构思。陆压在第四十八回首次现身：

……这道人上得篷来，打稽首曰："列位道兄请了！"燃灯与众道人俱认不得此人。燃灯笑容问曰："道友是那座名山？何处洞府？"道人曰："贫道闲游五岳，闷戏四海，吾乃野人也。吾有歌为证：

贫道本是昆仑客，石桥南畔有旧宅。

附录二 《封神演义》的文学鉴赏

> 修行得道混元初，才了长生知顺逆。
> 休夸炉内紫金丹，须知火里焚玉液。
> 跨青鸾，骑白鹤，不去蟠桃餐寿药。
> 不去玄都拜老君，不去玉虚门上诺。
> 三山五岳任我游，海岛蓬莱随意乐。
> 人人称我为仙癖，腹内盈虚自有情。
> 陆压散人亲到此，西岐要伏赵公明。

贫道乃西昆仑闲人，姓陆，名压。因为赵公明保假灭真，又借金蛟剪下山，有伤众位道友。他只知道术无穷，岂晓得玄中更妙？故此贫道特来会他一会。管教他金蛟剪也用不成，他自然休矣。"

陆压没有师承，没有教派，虽是道教神仙，却并非元始门下，连老君也不去朝礼，当然更不是截教中人，他自称"闲人""野人""散人"，闲、野、散，都是自由的意思。逍遥自在，不受任何拘束的自由正是道家、道教的理想。陆压的形象是这种理想绝妙的艺术象征。"至人无己，神人无功，圣人无名。"（《庄子·逍遥游》）"道可道，非常道；名可名，非常名。""常无，欲以观其妙；常有，欲以观其缴。"（《老子》一章）陆压正是"无名""常无"却又"无为而无不为"的。

陆压一出场，就以钉头七箭书制服了阐教燃灯道人以下都对付不了的赵公明。赵公明祭金蛟剪，连燃灯道人都舍了梅花鹿一剪两段，逃跑得很狼狈，陆压却能："大呼曰：'来的好！'化一道长虹而去。"显得从容不迫。陆压被三霄娘娘用混元金斗拿去,"把陆压泥丸宫用符印镇住,绑在幡杆上;……传长箭手,令五百名军来射。箭发如雨,那箭射在陆压身上;一会儿,那箭连箭杆与箭头都成灰末"。等到碧霄娘娘再祭金蛟剪时,陆压又化长虹脱身而去。陆压的本事超过了元始天尊的十二弟子,连燃灯道人也赞叹不已:"公道术精奇,真个可羡!"

陆压还有十分厉害的宝贝葫芦飞刀,他却并不珍惜,送给姜子牙,克服了许多难关,直到最后帮助姜子牙斩了妲己。无名无位,自由自在,却有众所不及的能力本领。有的研究者认为陆压是《封神演义》的作者、道士陆西星的夫子自况,这是很有意思的学术联想。书中反复皴染了陆压的"自由"形象:

……赵公明忽见一矮道人,带鱼尾冠,大红袍,异相长须,作歌而来:

"烟霞深处访玄真,坐向沙头洗幻尘。七情六欲消磨尽,把功名付水流,任逍遥,自在闲身。寻野叟同垂钓,觅骚人共赋吟。乐陶陶别是乾坤。"

赵公明认不得,问曰:"来的道者何人?"陆压曰:"赵公明,是你也认不得我。我也非仙,也非圣,你听我道来:

性似浮云意似风,飘流四海不停踪。或在东洋观皓月,或临南海又乘龙。三山虎豹俱骑尽,五岳青鸾足下从。不富贵,不簪缨,玉虚宫里亦无名。玄都观里桃千树,自酌三杯任我行。喜将棋局邀玄友,闷坐山岩听鹿鸣。闲吟诗句惊天地,静理瑶琴乐性情。不识高明空费力,吾今到此绝公明。

贫道乃西昆仑闲人陆压是也。"(第四十八回)

……陆压起身曰:"贫道一往。"提剑在手,迎风大袖飘飏而来。云霄娘娘观看,陆压虽是野人,真有些仙风道骨,怎见得:

> 双抓髻,云分瑞彩;水合袍,紧束丝绦。仙风道骨气逍遥,腹内无穷玄妙。四海野人陆压,五岳到处名高。学成异术广,懒去赴蟠桃。

云霄对二妹曰:"此人名为闲士,腹内必有胸襟。看他到得面前怎样言语,便知他学识浅深。"陆压徐徐而至,念几句歌词而来:

> "白云深处诵'黄庭',洞口清风足下生。无为世界清虚境,脱尘缘万事轻。叹无极天地也无名。袍袖展,乾坤大;杖头挑,日月明。只在一粒丹成。"(第四十九回)

这是对陆压的赞美,也是对道教理想的歌颂。《封神演义》写了一群又一伙的神仙,他们的形象都折射着道教的思想观念,而陆压更是道教审美妙不可言的艺术实现。这是《封神演义》"写人"的一大特点。

神仙们的"门人弟子"则更写得生龙活虎、活蹦乱跳。他们介于仙凡之间,大多数是青少年,佐助姜子牙在第一线冲锋陷阵,露脸的机会很多。其中不仅写出"特异功能"而且写出了性格的是黄天化、土行孙、杨戬和哪吒。

第三十一回黄天化出场，是清虚道德真君的徒弟。他三岁被带上山，已经十六岁，"生的身高九尺，面似羊脂，眼光暴露，虎形豹眼，头挽抓髻，腰束麻绦，脚登草履"，被派下山救父。他的性格被写成"性如烈火"。当他见父亲造反出朝歌而不见母亲时，就"一时面发通红，向前对飞虎曰：'父亲，你好狠心！'把牙一咬"。当听说母亲坠楼而死，则"大叫一声，气死在地。慌坏众人，急救苏醒时，天化满眼垂泪，哭得如醉如痴，大叫曰：'父亲！孩儿也不去青峰山上学道，且杀到朝歌，为母亲报仇！'咬牙切齿"。

黄天化二次出场时，又写他"忘本"，表现他性格的另一层面。"黄天化在山吃斋，今日在王府吃荤，随挽双抓髻，穿王服，带束发冠，金抹额，穿大红服，贯金锁甲，束玉带。"清虚道德真君责备他说："好畜生！下山吃荤，罪之一也；变服忘本，罪之二也。若不看子牙面上，决不救你！"这是由黄天化的"王子"身份生发出来，借以表达道门尊大的思想。

此后黄天化屡立战功，直到第六十九回死于高继能之手，作者一直把握他少年气盛性格暴躁的特点。如第五十三回哪吒被邓婵玉五光石打伤，黄天化取笑他，后来自己也被打伤，哪吒反唇相讥，表现了两人的少年意气。后来二人被土行孙用捆仙绳捉去，"就把黄天化激得三尸神暴跳，大呼曰：'吾等不幸，又遭如此陷身！'"在众多的门人中，黄天化不失为个性比较鲜明的一个。

土行孙则更富有人间的生活气息。他"身不过四尺，面如土色"，却善地行之术，是元始十二弟子之一惧留孙的高徒。土行孙的形象能够"活"起来就在于他的"俗"气。第五十二回描写：

附录二 《封神演义》的文学鉴赏

……申公豹摇头曰:"我看你不能了道成仙,只好修个人间富贵。"土行孙问曰:"怎样是人间富贵?"申公豹曰:"据我看,你只好披蟒腰玉,受享君王富贵。"土行孙曰:"怎得能够?"申公豹曰:"你肯下山,我修书荐你,咫尺成功。"土行孙曰:"老师指我往那里去?"申公豹曰:"荐你往三山关邓九公处去,大事可成。"土行孙谢曰:"若得寸进,感恩非浅。"

一问一答,惟妙惟肖,把土行孙凡心未退,贪图人间荣华富贵的本性活脱脱地表现了出来。此后描写,都紧紧扣住土行孙这一性格特点,写他好色、贪功,使这一形象愈益鲜明。第五十六回写土行孙赚邓婵玉入洞房成亲,细致入微,曲折生动,土行孙的好色和机智跃然纸上。第七十五回《土行孙盗骑陷身》又写他贪占小便宜,自招陷身之祸。此外如他被杨戬变作宫娥以美色为诱饵擒拿,以及几处侧笔皴染,都符合土行孙的性格特点。矮子好色而娶美妻,这在古典小说中并非仅见,如《水浒传》中的矮脚虎王英娶一丈青扈三娘,土行孙的塑造可能受了王英的启示。这是传统时代轻视妇女权利思想的一种表现。

姜子牙手下的众门人中,以玉鼎真人的弟子杨戬本领最高,因为他有八九玄功,善能变化。从第四十回出场,他就成了姜子牙最得力的助手,许多其他门人无可奈何的顽敌大险都赖杨戬之力得以克服。

杨戬出场时被称为"有一道者求见",而不像金吒、木吒、雷震子、黄天化等被称为"道童"。可见杨戬年龄稍长。他被赋予沉着理智、机智深沉的性格特点,更多地显示了青年的成熟,而不像哪吒、黄天化等偏重于少年的意气。他于第四十回刚出道就变成花狐貂潜伏敌营,偷了魔礼红的珍珠伞,使敌人"郁郁不乐,无心整理军情",然后又长期潜伏,最后协助黄天化杀敌成功。

他的这一基调此后得到反复渲染。如第四十八回陈九公、姚少司抢得钉头七箭书,"杨戬见其风来得异怪,想必是抢了箭书来。杨戬下马,连忙将土抓一把,望空中一洒,喝一声:'疾!'坐在一边",把自己变作成汤老营中的闻太师,骗回了箭书。第五十五回又施变化之术,智擒土行孙。第七十五回变作余化,骗得余元丹药。第八十六回施术令张奎先杀坐骑后杀母。第九十回捉神荼郁垒,第九十二回收梅山七怪,等等。变化奇术与机智性格融为一体,使杨戬的形象生气勃勃、光彩照人。

杨戬这一形象源远流长。在《西游记》中他被称为二郎神,是玉皇大帝的外甥。第六回观世音向玉帝推荐神将去擒拿孙悟空,对玉帝说:"乃陛下令甥显圣二郎真君,见居灌洲灌江口,享受下方香火。他昔日曾力诛六怪,又有梅山兄弟……"后来二郎神与孙悟空对阵,孙悟空说:"我记得当年玉帝妹子思凡下界,配合杨君,生一男子,曾使斧劈桃山的,是你么?"与《封神演义》对比,二郎神也姓杨,能七十二变,有哮天犬助战,"义结梅山七圣"与"收梅山七怪"大同小异。不过,二郎神是玉帝外甥,而杨戬则是玉鼎真人的徒弟。

灌口二郎神与治水患有关,因而杨戬之所以姓杨也与治水传说相涉。《河南府志》："河南有二郎神庙在府城南关，祀隋灌州刺史杨煜。杨尝斩蛟筑堤，遏水患，故民为立庙。"杜光庭《水记》："杨磨亦有神术，能伏龙虎，尝于大皂江侧扶水田，与龙为誓。今有杨磨江，或讹为羊麻江。"(《舆地广记》引)台湾学者黄芝岗在《中国的水神》中说："胡适说杨戬被认为二郎神，是宋时宦官的杨戬，被东京人呼为二郎神，到后来却成为杨戬了(《民间文艺》创刊号通信)。这根据却不能从《宋史·杨戬传》里寻出，或许，胡适自有他的根据，我以为亦不当便这样简单地看过去了。"

不过宋代宦官杨戬在宋代就有是水怪的传说，陆游《老学庵笔记》卷十："中贵杨戬，于堂后作一大池，环以廊庑，扃镡周密。每浴时，设浴具及澡豆之属于池上，乃尽屏人，跃入池中游泳，率移时而出，人莫得窥，然但谓其性喜浴于池耳。一日，戬独寝堂中，有盗入其室，忽见床上乃一蛤蟆，大可一床，面目如金，光彩射人。盗为之惊扑，而蛤蟆已复变为人，乃戬也。起坐握剑，问曰：'汝为何人？'盗以实对。戬掷一银香球与之曰：'念汝迫贫，以此赐汝，切勿为人言所见也。'盗不敢受，拜而出。后以他事系开封狱，自道如此。"

又有学者认为杨戬——二郎神的原型是李冰的儿子。《朱子语录》："蜀中灌口二郎庙，当因李冰开离堆有功立庙。今来现许多灵怪，乃是他第二个儿子出来。"《夷坚志》卷九《二郎庙》："政和七年，京师市中一小儿骑猎犬，扬言于众曰：'哥哥遣我来，昨日申时，灌口庙为火所焚，欲于此地建立。'……有司以闻，遂为修神保观，都人素畏事之。"

二郎神又有姓赵之说。《龙城录》中记载：赵昱字仲明，与兄冕俱隐青城山事道士李珏。炀帝拜为嘉州太守。时犍为泽中老蛟所害，昱持刀入水，左手持蛟头，右手持刀，奋波而出，州人事为神。太祖文皇帝赐封神勇大将军，庙食灌江口。《三教搜神大全》之《清源妙道真君传》："清源妙道真君，姓赵名昱，从道士李珏隐青城山，隋帝知其贤，起为嘉州太守。郡左有冷源二河，内有犍为老蛟，春夏为害，其水汛涨，漂淹伤民。昱大怒，时五月间，设舟船七百艘，率甲士千余人，人万余人，夹江鼓噪声振天地。昱持刀入水，有顷，其水赤，石崖奔崩，吼如雷。昱右手持刃，左手持蛟首奋波而出。时有佐昱者七人，即七圣是也。公斩蛟时年二十六岁。隋末天下大乱，弃官隐去，不知所终。后因嘉州江水涨溢，蜀人见青雾中，乘白马，引数人鹰犬弹弓猎者，波面而过，乃昱也。民感其德，立庙灌江口，奉祀焉。俗称灌口二郎。"这里，"清源妙道真君"的封号，"二十六岁"的年龄，"七圣"之说，"乘白马""鹰犬弹弓"的仪容，都与《封神演义》中的杨戬颇为相符。总之，杨戬这一人物综合了历史上的许多传说，是《封神演义》中一个成功的艺术形象。

哪吒与杨戬在《封神演义》中可谓一时瑜亮。杨戬英武潇洒，机警多智，哪吒天真活泼，勇猛矫健。哪吒这位少年英雄深入人心，成为中国神怪传说体系中最不朽的艺术形象之一，足以和孙悟空、猪八戒、白娘子并驾齐驱。这主要是《封神演义》的功绩。哪吒形象的光辉首先是思想的光辉，其对传统孝道的挑战前面的章节中已经分析过。从第十二回到第十四回用整整三回写他出生、斗

附录二 《封神演义》的文学鉴赏

争与再生的故事,《封神演义》中只有姜子牙下山占这么长的篇幅。而这三回故事充满反抗斗争的思想光彩,哪吒少年英俊、初生牛犊不怕虎的敢作敢为,勇于牺牲也敢于报仇的无畏气概真让人气旺神飞,大受鼓舞。

……哪吒正赤身站立,见夜叉来得勇猛,将身躲过,把右手套的乾坤圈望空中一举。……那宝打将下来,正落在夜叉头上,只打得脑浆迸流,即死于岸上。哪吒笑曰:"把我的乾坤圈都污了。"复到石上坐下,洗那圈子。(第十二回)

……哪吒笑曰:"你原来是敖光之子。你妄自尊大。若恼了我,连你那老泥鳅都拿出来,把皮也剥了他的。"三太子大叫一声:"气杀我!好泼贼!这等无礼!"又一戟刺来。哪吒急了,把七尺混天绫望空一展,似火块千团,望下一裹,将三太子裹下逼水兽来。哪吒抢一步赶上去,一脚踏住敖丙的颈项,提起乾坤圈,照顶门一下,把三太子的元身打出,是一条龙,在地上挺直。哪吒曰:"打出这小龙的本像来了。也罢,把他的筋抽去,做一条龙筋绦与俺父亲束甲。"哪吒把三太子的筋抽了,径带进关来。(第十二回)

……哪吒道:"你这老蠢才,乃顽皮;不要打你,你是不怕的。"古云:"龙怕揭鳞,虎怕抽筋。"哪吒将敖光朝服一把扯去了半边,左胁下露出鳞甲。哪吒用手连抓数把,抓下四、

五十片鳞甲,鲜血淋漓,痛伤骨髓。(第十三回)

……四海龙王敖光、敖顺、敖明、敖吉正看间,只见哪吒厉声叫曰:"'一人行事一人当',我打死敖丙、李艮,我当偿命,岂有子连累父母之理!"……四龙王便放了李靖夫妇。哪吒便右手提剑,先去一臂膊,后自剖其腹,剜肠剔骨,散了七魄三魂,一命归泉。(第十三回)

……哪吒他生前性格勇猛,死后魂魄也是骁雄,遂对母亲曰:"我求你数日,你全不念孩儿苦死,不肯造行官与我,我便吵你个六宅不安!"(第十四回)

……哪吒曰:"李靖!我骨肉已交还与你,我与你无相干碍,你为何往翠屏山鞭打我的金身,火烧我的行官?今日拿你,报一鞭之恨!"把枪紧一紧,劈面刺来。(第十四回)

这些描写确实十分精彩,高扬了人的反抗意志、牺牲精神、少年气象,无形中显示了人的尊严和伟大。哪吒出世的故事无疑是《封神演义》中最有意义、最引人入胜的章节。当然,哪吒要向李靖报仇的情节挑战了儒家的伦理孝道,在不同的时代的思想背景下会引发不同的认识乃至争论。

此后在殷周之间的争战中,哪吒作为姜子牙帐下的先行官,是最勇猛的一员战将,立功无数,他的莲花化身更使他具有特殊优势，与杨戬的八九玄功各极其妙，成了姜子牙的左膀右臂。哪吒的形象得到了进一步的充实发展。除了勇敢凶猛，还写他聪明伶俐。如第八十五回写："若论哪吒要往幡下来，他也来得。他是莲花化身，却无魂魄，如何来不得。只是哪吒天性乖巧，他犹恐不妙，便立住脚，看卞吉往幡下过去了。"第五十三回则写哪吒与黄天化互相讥讽，表现少年意气，与杨戬的老练深沉判然有别。

哪吒的故事也是有历史渊源的。前面的章节中已经谈到过李靖与哪吒父子参商的传说原型。这里再作一些补充。

宋《高僧传·道宣传》："宣律师于西明寺夜行道，足跌前阶，有物扶持，履空无害。熟视顾之，乃少年也。宣遽问：'何人中夜在此？'少年曰：'某非常人，即毗沙门天王之子那吒也，护法之故，拥护和尚，时之久矣。'"

《太平广记》卷九十二《无畏传》之《开天传信记》："常夜行道，临阶坠堕。忽觉有人捧其足，宣律顾视之，乃少年也。宣律遽问：'弟子何人？中夜在此！'少年曰：'某非常人，即毗沙门天王那吒太子。护法之故，拥护和尚久矣！'宣律曰：'贫道修行无事，烦太子神威自在。西域有可作佛事者，愿太子致之。'太子曰：'某有佛牙，宝事虽久，头目犹舍，敢不奉献。'"

《三教搜神大全·哪吒太子传》："哪吒本是玉皇驾下大罗仙，身长六丈，首带金轮，三头九眼八臂，口吐青云，足踏盘石，手持法律，大嗷一声，云降雨从，乾坤烁动。因世间多魔王，玉帝命降凡，以故托胎于托塔天王李靖。母素知夫人，生下长子军吒（即金吒——引者），次木吒，帅三胎哪吒。生五日化身浴于东海，脚踏水晶殿，翻身直上宝塔宫。龙王以踏殿故，怒而索战，帅将七日即将战杀九龙，老龙无奈何而哀帝，帅知之截于天门之下，而龙死焉。不意时上帝坛，手搭如来弓箭，射石记娘娘之子，而石记兴兵，帅取父坛降魔杵，西战而戮之。父以石记为诸魔之领袖，怒其杀之以惹诸魔之兵也。帅遂割肉刻骨还父，而抱真灵救全于世尊之侧，世尊亦以其能降魔，故遂折荷花为骨，藕为肉，系为胫，叶为衣而生之，授以法轮密旨，亲受'木长子'三字，遂能大能小，透河入海，移星转斗，吓一声，天颓地塌；呵一气，金光罩世；钟一响，龙顺虎从；枪一拨，乾旋坤转；绣球丢起，山崩海裂。故诸魔：如牛魔王、狮子魔王、大象魔王、马头魔王、吞世界魔王、思子母魔王、九头魔王、多利魔王、番天魔王、五百夜叉、七十二火鸦，尽为所降。以至于击赤猴，降孽龙。盖魔有尽，而帅之灵通广大，变化无穷，故灵山会上以为通天大师，威灵显赫大将军，玉帝即封为三十六员第一总领使，天帅之领袖，永镇天门也。"

这段文字中的字句比较粗率，时有别字（如"石矶"为"石记"），语气也有时不大通顺（如"帅将七日即将战杀九龙"），但从大体情节轮廓来看，《封神演义》中哪吒闹龙宫、斗石矶娘娘、剔骨还父及莲花化身等故事都是从《三教搜神大全》改编，《西游记》中火焰山哪吒降伏牛魔王的故事也取材于此。

有趣的是，《三教搜神大全》说殷郊生下来为一"肉球"，取名"唵哪吒"，殷郊与哪吒原是一个人。《武王伐纣平话》里殷郊亲手杀父与《封神演义》里哪吒寻父报仇的情节有相同性质也许

附录二 《封神演义》的文学鉴赏

与此有关。而据另外的传说,杨戬与哪吒原来也是兄弟行,所以杨戬是"二郎神",而哪吒是"三太子"。卫聚贤在《封神演义故事探源》[1]中说:

> 按禹号"文明",而"文明""李冰""开明""鳖冰""李靖",不是声音方面有些相近吗?前节言杨戬为竹王的"二郎",而哪吒就是竹王的"三郎"了。竹王也就是李靖,这是西南的神话。
>
> "竹王非血气所生",这与《封神》所言哪吒非精血之体相同:……竹王有三子,为夜郎二郎三郎,与李靖有三子为金吒木吒哪吒不是相似吗?而《华阳图志·南中志》言:"夜郎县,有竹王三郎庙,甚有灵飨也。"李靖的三个儿子,以哪吒最凶。余前到湘西麻阳县,城外有"三王庙",《麻阳县志》以为系古竹王三子,当地人云:大王值岁不祭祀,二王值岁只烧香,三王值岁非有猪羊等祭祀不可,否则地方就会有水旱瘟疫等灾。西康罗罗所祀此三神,汉人名为"蛮三公"(因汉人的三义庙系刘备关羽张飞,为白脸红脸黑脸,与蛮人祀三神相同,故误为"蛮三公""汉三公")。《封神》采取古书外,亦采取了西南各地流行的神话,而加入于哪吒故事之中。

---

[1] 卫聚贤:《封神演义故事探源》,台北天一出版社1970年版《中国古典小说研究资料汇编》之《封神演义杂考》卷。

徐朔方在《论〈封神演义〉的成书》[1]中说:

> 比宋元之际的《武王伐纣平话》略迟，天一阁本《录鬼簿》列吴昌龄杂剧《那吒太子眼睛记》、赵敬夫杂剧《夷齐谏武王伐纣》，此外杂剧《神奴儿》、《荐福碑》、《谢金吾》、《岳阳楼》、《蝴蝶梦》、《倩女离魂》、《扬州梦》、《合同文字》、《玉壶春》、《玉镜台》、《薛仁贵》、《两世姻缘》、《忍字记》、《灰阑记》、《抱妆盒》、《连环记》、《碧桃花》、《冤家债主》、《焠范叔》、《梧桐叶》、《盆儿鬼》等包括早中晚各期的金元曲家和无名曲家的杂剧第一折仙吕套曲中都有《那吒令》曲牌，它的来源甚至可能比《武王伐纣平话》更早，至少不比它迟。提到那吒的曲句如：关汉卿《鲁斋郎》第一折[赚煞]："可可的与那个恶那吒打个撞见。"李文蔚《燕青博鱼》第一折[初开口]："依旧到杀人放火蓼儿窪，须认的俺狠那吒。"无名氏《盆儿鬼》第一折[鹊踏枝]："恰便是追人魂黑脸那吒。"这些可能对《封神演义》小说的成书都有所影响。

哪吒的故事具有深刻的内涵，恒久的魅力。20世纪70年代，台湾《现代文学》曾发表奚淞的新编小说《封神榜里的哪吒》，用现代文艺思想重写哪吒故事，别开生面，轰动一时。笔名壹阐提

---

[1] 徐朔方《小说考信编》之《论〈封神演义〉的成书》，上海古籍出版社1997年版。

附录二 《封神演义》的文学鉴赏

的评论家曾评介这篇作品[1]:

一、阐释生命的苦楚——生之悲哀

"我"哪吒,出生就是一种不明来由的错误。出生的过程是不正常的。我的作为、体能,都不合父亲的要求,而我也不是情愿的;我也不满自己。我生活在矛盾中,然而所有可以说出来的矛盾,都还只是一个假相,我咀嚼到更深的苦味。

——"更深的苦味"是什么?

"我"的惹祸也不是存心的,父母看来我是一个不吉祥的人;残缺的四氓却视我为完美的神。其实和四氓对照下,"他是我内心残缺的形象化"啊!

——生非我的意志,生命的行程亦然,但既有生,又生成如此,你就得承担人世给予你的"位置""评价"。这是不得已,这是无可奈何。

"我"犯下了连累父母烦心的大罪,我只有把属于你们的肉和骨都归还给你们,来赎我内心的自由……

——笔者以为这里称呼父母的,已不只是生身父母而已。"它"是指"我"以外的一切能影响我,束缚我,限制我,有权命令我或要求我的人、事、物、力。人,不是如此状态下生存吗?

---

[1] 壹阐提:《细品〈封神榜里的哪吒〉》,台北天一出版社 1970 年版《中国古典小说研究资料汇编》之《封神演义杂考》卷。

神仙意境

我终于用血偿还了我短短人间一切所有亏欠的。我得到最终的自由……我应该快乐。……可是我还在哭……忍不住的眼泪使我还想加入到世间的不完满里去……

——萧伯纳说:"生命中有两种悲剧,一种是不能纵心所欲,另一种是纵心所欲。"

——哪吒为什么会这样地哭泣悲哀呢?为什么还想加入到世间的不完美里去呢?是否山雨风楼战乱将起的景象,妇孺的哭号,为饥饿和欲望所驱使的可怜众生——使他这样呢?

——一个平凡的生命,也许不自知其悲哀;不平凡的灵魂除了本身,还会为不自知其悲哀者而悲哀!"还想加入到世间的不完满里去!"哪吒是具备大慈悲的,应该会这样。"更深的苦味"大概是指这些吧?

哪吒正因为具备了这种裏性,所以看得深,想得多,因此对生命的痛苦感受也自深切而强烈;何况他还要为天下苍生悲呢?这,正是生命的苦楚,生命之悲哀啊!

二、人的价值是独立自足的,非由父母、家庭、社会、国家,或任何他人所应评定的

如果我们不以李靖夫妇那种眼光,那种价值标准看哪吒——也就是僵固的世俗眼光——那么哪吒实在是一个好孩子,好青年;因为他强壮,坦率,"有理想",富同情心……

而事实上,哪吒乃应兴邦救世才降生的,他闯祸既是无心,也是帮助对方顺利得到自然的归结。所以责备他,谪贬他,

责罚之于他,甚至是错误可笑的。

由这点推论,任何人把自己的标准加诸他人,把已定的价值观称量不同的对象——都是不妥的。人的价值是独立的,不该以"其他条件",或外在标准来衡量;是自足的,他人或所谓权力者不得妄加论断。人将以自由之身心,对父母,家庭,国家,以及众生人群行其所当行的责任。这是人性使然,明知人间不美好,还是会毅然"加入"的。

不幸得很,"当时"其"父母"以及世人不可能理解这些。因而唯有归还血肉于"父母"一途,唯有如此才能还我真自由。

佛指净土为"莲",念佛往生弥陀净土的人,都在莲花内而生。莲花化身的涵义是离一切而生。在《封》作里"一切相"可以指父母的标准,世俗的价值观,社会的权衡标准而言;离开这些"相"而生乃能拥有独立自主之价值的生命。这是哪吒的福气,你我凡夫除寄情小说外又能如何?太乙真人安在?池中莲花不知是否依然田田青青?

这些分析评论虽然是针对奚淞再创造的哪吒形象而发,对我们读《封神演义》原著也不无启示。"文本"的阐释随着时代的变迁和读者的差异而不尽相同,这是"接受美学"的历史性开拓。《封神演义》中写到的"妇女"也不在少数,她们大体上也是两类,一类反映儒家思想,一类表现道家思想。如妲己是女色亡国的化身,姜子牙夫人马氏是目光短浅的俗妇,表现的是轻蔑女性的传统思想;而黄飞虎夫人贾氏是节烈妇女,张奎夫人高兰英是女中豪杰，又表现了传统妇女观的另一层面。正反两面，都不出儒家思想的规模。那些仙姑、道姑则是道教风范，其中以云霄娘娘写得最好。邓婵玉和龙吉公主虽然着墨不少，却未写出个性。

总之，《封神演义》中的人物都是类型化的，其中写得较好的，也不过是抓住一两个性格特征反复渲染，而大多数人物只是某种观念的化身。这些人物的思想风貌，则受《封神演义》的总体思想制衡，儒、道、释并存杂糅，而以道家、道教为主导为核心。

对《封神演义》的结构，沈淑芳认为主要表现为两种形态。[1]一是复线式，二是串珠式，二者交互运用。第一回以"纣王女娲宫进香"引出成汤气数将尽的事实为主线，然后"话分两头"，以商、周、神仙三根支线分别展开进行。譬如：第二回《冀州侯苏护反商》、第六回《纣王无道造炮烙》、第七回《费仲计废姜皇后》、第十七回《苏妲己置造虿盆》、第八十八回《纣王敲骨剖孕妇》等，叙述"纣恶日盈"；第三回《姬昌解围进妲己》、第十回《姬伯燕山收雷震》、第二十三回《文王夜梦飞熊兆》、第八十八回《武王白鱼跃龙舟》等，写"周德日盛"；第十五回《昆仑山子牙下山》、第三十七回《姜子牙一上昆仑》、第七十二回《广成子三谒碧游宫》等，写"神仙助周"。这三条线互有交点，并非完全平行地进行，最后的终点则是姜子牙公布纣王十罪，纣王自焚，周武王建国，姜子牙封神。这就是所谓的"复线式"。

---

[1] 沈淑芳：《封神演义研究》，台北天一出版社1970年版《中国古典小说研究资料汇编》之《封神的主题与结构》卷。

附录二 《封神演义》的文学鉴赏

在商、周冲突形成之后,双方的战争形成一根主线,由此一主线,串连许多人、仙、佛参战的小事件。每一事件俱各有起讫。譬如申公豹邀集三十六路人马伐西岐,人马之多寡本无限制,所串连之事件因此可多可少。大约从第三十七回开始,至第九十三回为止。其间的人物和事件都是串上去的,但每一事件都有其因果。张桂芳、闻太师、邓九公等是奉敕西征,阐教是因天命驱使,截教是因意气之争,梅山七怪则是为显示商纣已至强弩之末,无人可使,必至败亡。这是所谓的"串珠式"。

串珠式结构容易流于松散的公式化,《封神演义》多少有这个毛病。比如,每一战争事件的基本形态大略雷同:商、周正规兵将先起冲突,截教力量插入助商,周方不敌,于是向阐教力量求援,或阐教及时助周,反败为胜。此一战结束,另一战开始,如此循环不已。虽然每一事件中均有高潮起伏,紧张悬疑,但这些相同方式的重复运用,久之却令人乏味。又比如,所摆的战阵花样翻新,但其破阵过程却无变化,不外乎是高人出现,以奇珍异宝或超人道术压倒敌方,简单而短暂,只不过每一阵中增添更高超的人物而已。

我们在前面的章节对《封神演义》的结构做了另一种概括:它有两条基本情节线索,一条是殷灭周兴的人间线索,另一条是神仙犯了一千五百年杀戒的仙界线索,这两条线索又大体上代表儒教与道教的两条思想线索,姜子牙由元始天尊的徒弟成为周武王的相父,象征着道教对儒教的思想改造。

细分起来,全书一百回大致可以分为这样几个部分:

第一——第十一回，主要写纣王去女娲宫进香，引来妲己入宫作祟，纣王失政。

第十二——第十八回，主体故事是哪吒出世和姜子牙下山，中间交织着妲己、纣王的暴行。姜子牙是西周的主帅，哪吒是先行官，故而用浓墨重笔渲染两人的来历和出场。至此，周代商兴和神仙犯戒两条基本情节线索已经引出端绪。

第十九——第二十四回，开始铺开商衰周盛的故事。这一部分重点写周一方，分伯邑考赎罪、周文王逃关、渭水聘子牙三个小故事。至此，殷周对峙之事已隐隐形成。

第二十五——第三十四回，继续写商纣失政，重点是黄飞虎弃商归周。黄飞虎是商纣第二个股肱重臣，他的去留证明商、周兴亡之势进一步明朗化。另一个商纣的重要羽翼、北伯侯崇侯虎则被周方剪除。周方一面招降纳叛，壮大自己，另一面削弱对方，除其辅弼。

第三十五——第五十二回，至第三十四回，商纣失政已基本铺排完毕，商、周已由政治对峙转化为军事对峙。从第三十五回《晁田兵探西岐事》开始，到第四十回《四天王遇丙灵公》，为商兵伐西周的第一阶段。闻太师派遣的晁田、张桂芳、四圣、鲁雄、魔家四将或降或死，均被周方挫败。第四十一回《闻太师兵伐西岐》到第五十二回《绝龙岭闻仲归天》为商兵伐西周的第二阶段。殷商主帅闻太师亲征，阐、截二教的教争已开始和商、周之间的政争搅在一起，十绝阵和黄河阵是阐教和截教的两次大较量。最后阐教胜利，截教败北，闻太师也被阐教围困烧死。

第五十三—第六十六回，这是殷商兵伐西周的第三阶段。商纣王调派邓九公、苏护、张山李锦、洪锦先后伐周，均以失败告终，这些商纣将领大都归顺了西周。这几次争战中仍然贯穿着阐教与截教的冲突，吕岳、罗宣和羽翼仙是截教神仙，土行孙、殷洪、殷郊是阐教门人而被申公豹挑唆去助纣反周，但最后仍然都被阐教神仙制伏。

第六十七—第八十四回，西周反守为攻，姜子牙东进五关，阐教与截教的争锋也进入高潮，诛仙阵和万仙阵是两次大会战。第八十四回万仙阵结束后，截教彻底失败，阐教神仙也全部退出商周之争，只留下杨戬、哪吒等门人弟子佐助姜子牙继续东进。

第八十五—第九十三回，写姜子牙率兵继续东征，商纣末日将至仍不悔悟，又"敲骨剖孕妇"，梅山七怪、桃精柳鬼纷出，"青天白日之下，纯是魍魉魑魅用事"（钟惺），所谓国祚将亡，必有妖孽。

第九十四—第一百回，纣王末路自焚，妲己潜逃被擒，姜子牙封神，周武王赐功，全书大结局。

全书这九大段落以商周政争和阐截教争两条线索为经纬，纵横交错，脉络分明，首尾呼应。其最吸引人的部分是阐教与截教的神仙打斗，十绝阵、黄河阵、诛仙阵和万仙阵形成四次高潮，中间还有许多小的斗法破阵，热闹红火。《封神演义》的魅力特色主要在这里，如果以"迷信""荒诞"为由除掉它们，只剩下纣王失政与周文王、周武王仁政的故事，必然单调乏味，《封神演义》也就不成其为《封神演义》了。可惜一些连环画之类的改编者连这一基本要点都把握不住，改编往往本末倒置，取舍失当。《封神演义》

是一部道教文化为主调的小说，反映到情节结构上，正是那些被目为离奇诡诞的神仙妖怪的故事体现了其文化本质。这是我们的"《封神演义》结构观"。

《封神演义》的语言，总体上看来是韵文散文交错夹杂，散文部分则是半文言半白话的浅俗文言，而不是纯白话。

中国古典小说多在散文中加插韵文，"有诗为证""有赋为证""有赞为证"等等。这与中国古代诗赋是文学正宗，通俗小说则是后起之秀的文学发展史有关。小说本是"说话"，其中原有"歌伴"，说话人借此增加表现力以吸引听众。与其他古典小说比较起来，《封神演义》中韵文的部分比重更大一些。用韵文描写风景、铺排战争、刻画人物，尤其是形容神通法宝，往往淋漓尽相，历历如绘。

比如，书中三处写到雪景，有三篇韵文，互不重复，各尽其妙：

> 空中银珠乱洒，半天柳絮交加。行人拂袖舞黎花，满树千枝银压。公子围炉酌酒，仙翁扫雪烹茶，夜来朔风透窗纱，也不知是雪是梅花。飕飕冷气侵人，片片六花盖地，瓦楞鸳鸯轻拂粉，炉焚兰麝可添绵。云迷四野催妆晚，暖阁红炉玉影偏。此雪似梨花，似杨花，似梅花，似琼花：似梨花白；似杨花细；似梅花无香；似琼花珍贵。此雪有声，有色，有气，有味：有声者如蚕食叶；有气者冷浸心骨；有色者比美玉无瑕；有味者能识来年禾稼。团团如滚珠，霏霏如玉屑，一片似凤羽，两片似鹅毛，三片攒三，四片攒四，五片似梅花，

六片如花萼。此雪下到稠密处,只见江河一道青。此雪有富,有贵,有贫,有贱:富贵者红炉添兽炭,暖阁饮羔羊;贫贱者厨中无米,灶下无柴。非是老天传敕旨,分明降下杀人刀。(第二十六回)

潇潇洒洒,密密层层。潇潇洒洒,一似豆秸灰;密密层层,犹如柳絮舞。初起时,一片,两片,似鹅毛风卷在空中;次后来,千团,万团,如梨花雨打落地下。高山堆叠,獐狐失穴怎能行;沟涧无踪,苦杀行人难进步。霎时间银妆世界,一会家粉砌乾坤。客子难沽酒,苍翁苦觅梅。飘飘荡荡裁蝶翅,叠叠层层道路迷。丰年祥瑞从天降,堪贺人间好事宜。(第三十九回)

彤云密布,冷雾缤纷。彤云密布,朔风凛凛号空中;冷雾缤纷,大雪漫漫铺地下。真个是:六花片片飞琼,千树株株倚玉。须臾积粉,顷刻成盐。白鹦浑失素,皓鹤竟无形。平添四海三江水,压倒东西几树松。却便似:战败玉龙三百万;果然是:退鳞残甲满空飞。但只见:几家村舍如银砌,万里江山似玉图。好雪!真个是:柳絮满桥,梨花盖舍。柳絮满桥,桥边渔叟挂蓑衣;梨花盖舍,舍下老翁煨榾柮。客子难沽酒,苍头苦觅梅。洒洒潇潇裁蝶翅,飘飘荡荡剪鹅衣。团团滚滚随风势,飕飕冷气透幽帏。丰年祥瑞从天降,堪贺人间好事宜。(第八十九回)

《封神演义》中战争频仍,有人说是一部战争小说。描写战况,散文之外辅以韵文,常有精彩之笔。如第四十回魔家四将大败姜子牙:

> 赶上将,任从刀劈;乘着势,剿灭三军。逢刀的,连肩拽背;遭火的,烂额焦头。鞍上无人,战马拖缰,不管营前和营后;地上尸横,折筋断骨,怎分南北与东西。人亡马死,只为扶王创业到如今;将逃军躲,止落叫苦连声无投处。子牙出城,齐齐整整,众将官顶盔贯甲,好似得智狐狸强似虎;到如今只落得:哀哀哭哭,歪盔卸甲,犹如退翎鸾凤不如鸡。死的尸骸暴露,生的逃窜难回。惊天动地将声悲,嚎山泣岭三军苦。愁云直上九云天,一派残兵奔陆地。

战争的残酷、悲惨、激烈让人惊心动魄。又如第四十二回写闻太师行营,一篇诗赞把闻太师的将才整练表现出来:

> 满空杀气,一川铁马兵戈;片片征云,五色旌旗缥缈。千枝画戟,豹尾描金五彩幡;万口钢刀,诛龙斩虎青铜剑。密密钺斧,幡旗大小水晶盘;对对长枪,盏口粗细银画杆。幽幽画角,犹如东海老龙吟;灿灿银盔,滚滚冰霜如雪练。锦衣绣袄,簇拥走马先行;玉带征夫,侍听中军元帅。鞭抓将士尽英雄,打阵儿郎凶似虎。不亚轩辕黄帝破蚩尤,一座兵山从地起。

附录二 《封神演义》的文学鉴赏

用韵文描绘人物,也是《封神演义》中常使用的手法,形象而生动。如第八十七回邓婵玉大战高兰英:"高兰英一身缟素,将手中双刀急架来迎。二员女将,一红一白,杀在城下。"而具体的描写,则"有赞为证":

> 这一个顶上金盔耀日光;那一个束发银冠列凤凰。这一个黄金锁子连环铠;那一个千叶龙鳞甲更强。这一个猩猩血染红衲袄;那一个素白征袍似粉装。这一个是赤金映日红玛瑙;那一个是白雪初施玉琢娘。这一个似向阳红杏枝枝嫩;那一个似月下梨花带露香。这一个似五月榴花红似火;那一个似雪里梅花靠粉墙。这一个腰肢袅娜在鞍鞒上;那一个体态风流十指长。这一个双刀晃晃如闪电;那一个二刀如锋劈面扬。分明是:广寒仙子临凡世,月里嫦娥降下方。两员女将天下少,红似银朱白似霜。

不过,《封神演义》中最有特点的韵文,是表现道家、道教精神意境的那一部分。或渲染法宝神通,或刻画仙风道骨,或表现洞天福地,都别具一格,引人入胜。前面章节已引述不少。再以第五回写云中子为例。有一首诗专门描写他:

> 头带青纱一字巾,脑后两带飘双叶,额前三点按三光,脑后双圈分日月。道袍翡翠按阴阳,腰下双绦王母结。脚登一对踏云鞋,夜晚闲行星斗怯。上山虎伏地埃尘,下海蛟龙

行跪接。面如傅粉一般同,唇似丹朱一点血。一心分免帝王忧,好道长,两手补完天地缺。

一位潇洒飘逸、长生不老的物外神仙活脱如见,《封神演义》最善于表现这种神仙意境。值得注意的是,《封神演义》写道教神仙的诗颇受《全唐诗》里吕岩名下诗作的影响,有的甚至就是直接抄来的。吕岩就是道教中的吕祖,八洞神仙里的吕洞宾。《全唐诗》里在吕岩名下收诗三百余首,神仙道教的气味很浓。当然这些诗是吕岩本人所作,或者是后来一些道教徒托名传诗,是需要考查的。《封神演义》径抄吕岩名下诗如下:

> 随缘随分出尘林,似水如云一片心。
> 两卷道经三尺剑,一条藜杖五弦琴。
> 囊中有药逢人度,腹内新诗遇客吟。
> 丹粒能延千载寿,漫夸人世有黄金。(第五回云中子所吟唱)

> 随缘信业任浮沉,似水如云一片心。
> 两卷道经三尺剑,一条藜杖七弦琴。
> 壶中有药逢人施,腹内新诗遇客吟。
> 一嚼永添千载寿,一丸丹点一斤金。(《全唐诗》卷八百五十七,第9688页)

欲试锋芒敢惮劳,凌霄宝匣玉龙号。

手中紫气三千丈,顶上凌云百尺高。

金阙晓临谈道德,玉京时去种蟠桃。

奉师法旨离仙府,也到红尘走一遭。(第四十五回文殊广法天尊吟唱)

欲整锋铓敢惮劳,凌晨开匣玉龙嗥。

手中气概冰三尺,石上精神蛇一条。

奸血默随流水尽,凶豪今逐渍痕消。

削平浮世不平事,与尔相将上九霄。(《全唐诗》卷八百五十八,第 9700 页)

妙妙妙中妙,玄玄玄更玄。

动言俱演道,默语是神仙。

在掌如珠异,当空似月圆。

功成归物外,直入大罗天。(第四十五回赵江吟唱)

妙妙妙中妙,玄玄玄更玄。

动言俱演道,语默尽神仙。

在掌如珠异,当空似月圆。

他时功满后,直入大罗天。(《全唐诗》卷八百五十八,第 9695 页)

交光日月炼金英,二粒灵珠透室明。
摆动乾坤知道力,逃移生死见功成。
逍遥四海留踪迹,归在玄都立姓名。
直上五云云路稳,紫鸾朱鹤自来迎。(第四十五回惧留孙吟唱)

红炉迸溅炼金英,一点灵珠透室明。
摆动乾坤知道力,逃移生死见功程。
逍遥四海留踪迹,归去三清立姓名。
直上五云云路稳,紫鸾朱鹤自来迎。(《全唐诗》卷八百五十六,第9680页)

自隐玄都不记春,几回苍海变成尘。
玉京金阙朝元始,紫府丹霄悟妙真。
喜集化成千岁鹤,闲来高卧万年身。
吾今已得长生术,未肯轻传与世人。(第四十六回慈航道人吟唱)

自隐玄都不记春,几回沧海变成尘。
玉京殿里朝元始,金阙宫中拜老君。
闷即驾乘千岁鹤,闲来高卧九重云。
我今学得长生法,未肯轻传与世人。(《全唐诗》卷八百五十七,第9686页)

附录二 《封神演义》的文学鉴赏

堪笑公明问我家，我家原住在烟霞。

眉藏火电非闲说，手种金莲岂自夸。

三尺焦桐为活计，一壶美酒是生涯。

骑龙远出游苍海，夜静无人玩月华。（第四十七回萧升、曹宝吟唱）

堪笑时人问我家，杖担云物惹烟霞。

眉藏火电非他说，手种金莲不自夸。

三尺焦桐为活计，一壶美酒是生涯。

骑龙远出游三岛，夜久无人玩月华。（《全唐诗》卷八百五十七，第9684页）

《封神演义》中的散文部分由于不是纯白话，而是半文半白的浅近文言，因而表现力不如《水浒传》《西游记》的纯白话生动活泼。不过有些部分也还差强人意。比如写哪吒纳凉洗澡：

话说哪吒同家将出关，约行一里之余，天热难行。哪吒走得汗流满面，乃叫家将："看前面树阴之下，可好纳凉？"家将来到绿柳阴中，只见熏风荡荡，烦暑尽解，急忙走回来，对哪吒禀曰："禀公子，前面柳阴之内，甚是清凉，可以避暑。"哪吒听说，不觉大喜，便走进林内，解开衣带，舒放襟怀，甚是快乐。猛然的见那壁厢清波滚滚，绿水滔滔，真是两岸垂杨风习习，崖旁乱石水潺潺。哪吒立起身来，走到河边，叫家将:"我方才走出关来,热极了,一身是汗。如今且在石上洗一个澡。"家将曰:"公子仔细,只怕老爷回来,可早些回去。"哪吒曰:"不妨。"脱了衣裳,坐在石上,把七尺混天绫放在水里,蘸水洗澡。(第十二回)

日常生活,小儿心理、声口,徐徐道来,平易近人,如在眼前。又如第十九回《伯邑考进贡赎罪》中写白猿歌唱:

白猿轻敲檀板,婉转歌喉,音若笙簧,满楼嘹亮,高一声如凤鸣之音,低一声似鸾啼之美,愁人听而舒眉,欢人听而抚掌,泣人听而止泪,明人听而如痴。纣王闻之,颠倒情怀。妲己听之,芳心如醉。官人听之,为世上之罕有。那猿猴只唱的神仙着意,嫦娥侧耳,就把妲己唱得神荡意迷,情飞心逸,如醉如痴,不能检束自己形骸,将原形都唱出来了。

骈偶句式,简练措辞,多用四字成语,是浅近文言而非纯口语大白话,方言俗语都不入笔端,但表现猿猴善讴却如闻如见,富有感染力。这种半文半白的文体对表现道教神仙也有其好处。道教中有许多专门术语,神仙俱是超凡脱俗,多用四字成语的简洁语言写道教神仙比较传神。如:

话说道德真君领燃灯命,提剑来破"红水阵",大呼曰:"王奕,你等不谙天时,指望扭转乾坤,逆天行事,只待丧身,

> 噬脐何及。今尔等十阵已破八九，尚不悔悟，犹然恃强逞狂！"……道德真君忙取五火七禽扇一扇。——此扇有空中火、石中火、木中火、三昧火、人间火，五火合成此宝，扇有凤凰翅，有青鸾翅，有大鹏翅，有孔雀翅，有白鹤翅，有鸿鹄翅，有枭鸟翅；七禽翎上有符印，有秘诀。（第四十九回）

道德真君的"大呼"基本上由四字成语组成，而这些成语能表达道教"顺天逆天"的观念，又能衬托出神仙们不同凡俗的身份。后面描写法宝五火七禽扇又是三字句多，而且多专门术语，风格自然雅驯。

从纯文学艺术角度而言，《封神演义》无论人物形象或结构、语言，都没有达到第一流的境界。鲁迅在《中国小说史略》中说《封神演义》"较《水浒》固失之架空，方《西游》又逊其雄肆，故迄今未有鼎足视之者也"。这个评价并不刻薄。从文化的角度而言，《封神演义》却有其独特成就，道教文化被形象化、艺术化，因而形象、结构和语言都别有一种韵味风格，非任何其他古典小说所能比方取代的。

后　记

对《封神演义》的迷恋，曾是我童年、少年时代的一个情意结。那是外祖父家纸已经变成黄蜡蜡的线装书，分订成好几册，每册薄薄的一本，第一册前面几页是重要角色的绣像，各册每回都有插图。我那时大约十二三岁，一旦寻得这些书，立刻被吸引住，废寝忘食地全身心投入了那个"聚精会神"的世界。由于看的次数多，尽管我努力爱惜它们，有些书页还是开始掉渣，那书纸也太柔脆了。沉溺之余，我不仅对书中的人物故事记得滚瓜烂熟、津津乐道，还搜罗、"制作"了不少"法宝"，一个清代的大制钱是"落宝金钱"，一串木质念珠是"定海珠"，还有一个宝葫芦，一柄拂尘，一把竹剑……外祖父原是茶商，家里面这些零碎东西也不难找。我就常常携带着这些"宝贝"坐在小院当中石榴树、无花果树的大花盆后面冥想，有时从小花坛的台阶上闭着眼跳下来，想象自己在腾云驾雾。

这种生命早年的"积淀"是相当"入人"的，我的性格气质中不知不觉地有了一些"神仙意境"，好幻想，喜孤独，爱淡泊，求飘逸。这与我成长发育的那个大讲特讲"阶级斗争"，火药味蛮浓蛮浓的"火红年代"多么格格不入。尽管因为我学习好，不调皮捣蛋，小学三年级起就是"两道杠""三道杠"，初三就入了团，我却总有点落落寡合、独来独往，操行评语中总少不了"内向""孤

后 记

僻""要开朗些"这一类字眼。后来,曹雪芹、鲁迅、雨果、罗曼·罗兰等中外文学大师给了我更大的影响,成了我的精神引路人,但"底色"却已经抹不掉了,像水到渠成一样自然,我同时对李白、王维、李贺、陶渊明、庄子一往情深。道家—道教对人生的审美态度、淡泊宁静的心态观念,竟成了帮助我度过人生困境的一根支柱。无论是在僻远的乡村插队,还是在山野的果园做工,尽管前途渺茫,我还是能够不让自己的心灵全部被烦恼盘踞,而总葆有一份清明,因为发现了自然的美妙和生活的诗意而"得意忘形"。《封神演义》里那些浅俗的但隐逸神仙气味很浓的诗词让我悠然忘返,尤其是那首云中子唱的歌:"随缘随分出尘林,似水如云一片心……"二十岁出头,我就写过这样一些诗:

江村冬夜不思眠,梦断推窗挂月镰。
枕上雄鸡极曙色,门前静水映茅檐。
轻摘疏影为诗笔,漫扯浮云作画笺。
落拓少年无远志,淡中兀自漱清泉。
(作于1969年)

含苞欲吐幽幽香,别有乾坤花内藏。
灵侠腾身游渺冥,飞仙甩袖逝微茫。
素心可托银云月,慧眼能识金凤凰。
剩有痴情流水去,春来青草满池塘。
(作于1974年)

神仙意境

翱翔宇宙兮兀然独立,回首沧海兮俯仰今昔。四顾浩渺兮莞尔无语,星球亿兆兮循环太虚。

(作于1975年)

如果想一想那正是史无前例的疯狂岁月,就不难明白一颗年轻的心灵和时代之间的反差是多么巨大。

时序迁流,人已入中年。也许是出于对青少年时代使我疯魔过的一种情意结的纪念,我对《封神演义》和道教的关系,产生了探讨的兴趣。该作一番清理了,那些水中苔草一般纷乱的思绪。鲤鱼跳龙门,跳过去鱼就能变成龙,喷云吐雾,兴风作雨,腾挪变幻,神龙见首不见尾,不再是离开水就不能活命的"涸辙之鲋"。鱼成龙,人成仙,道理相通,都是"神仙情结"。我能跳得过"龙门"吗?且试一试,不是成仙了道,就是粉身碎骨——但无论如何,那"一跳"的雄姿是美丽的。

神仙情结,源远流长,它的核心是对生命力与性激情这一对矛盾物的深微思索,走的是纯粹中华文化的心理轨迹。一位朋友考证,荒怪悠远的共工与颛顼争帝、怒而触不周山的神话,已经表露出这种独特的思维。"人面蛇身"的共工是性的象征,"共工—蛇—性"是三位一体的,与"颛顼—龟—寿崇拜"的另一个三位一体正互相对峙。这是一个耐人寻味的考证,因为"神仙情结"就源于这种"性和寿"的对立。神仙的卓然特异则在于能将性激情转化为长生不老的生命资源。这种独一无二的思维在道教文化中获得"有意味的形式",而《封神演义》是道教文化在通俗文学

后 记

层面的对象化，或者说，《封神演义》就其主流而言，是一部道教文化小说。

《封神演义》是道教文化的艺术模特儿，这是本书立论的主旨。但作为一部小说，它的版本、作者、渊源、形象、结构、语言等层面，也应该顾及，加以国内这方面的研究基本上是空白，所以另撰二章，作为附录。同时，这两章的内容对"《封神演义》与道教"这一中心论点也或多或少能提供一些佐证。

上面的"序言"撰写于1991年5月18日。也就是说，本书是一部"旧稿"，曾以《神仙意境》为标目，作为"龙门丛书"之一种于1994年由山西教育出版社出版过。但印刷数量仅有1200册，其流通范围实在太有限，学术界绝大多数人根本不知道有过这么一本书，所以本书又可以看作是一部新著。同时，虽然已经过去了二十年，但对本论题的探讨，学术界仍然是鞭长莫及。故而从学术的角度观照，本书也仍然不失"先锋"色彩。有此两端，作者做了一些修改后再度推出，也就不感到汗颜了。

2008年8月8日于圣彼得堡小黑河畔